我从中国来……

四得 著

WUHAN UNIVERSITY PRESS
武汉大学出版社

图书在版编目(CIP)数据

我从中国来……/四得著.—武汉：武汉大学出版社,2018.1
ISBN 978-7-307-19881-4

Ⅰ.我…　Ⅱ.四…　Ⅲ.散文集—中国—当代　Ⅳ.I267

中国版本图书馆 CIP 数据核字(2017)第 294316 号

责任编辑:杨　欢　　　责任校对:汪欣怡　　　版式设计:汪冰滢

出版发行：**武汉大学出版社**　（430072　武昌　珞珈山）
（电子邮件：cbs22@ whu. edu. cn　网址：www. wdp. com. cn）
印刷：湖北金海印务有限公司
开本:880 × 1230　1/32　印张:4.625　字数:103 千字
版次:2018 年 1 月第 1 版　　2018 年 1 月第 1 次印刷
ISBN 978-7-307-19881-4　　定价:28.00 元

序　言

作为全球金融中心的美国，每年都吸引着不少人前往，当然无论是出于哪种原因，都是为了体验不一样的生活。很多年前一本小说《北京人在纽约》里有这样一句话："如果你爱她，带她去纽约，因为那里是天堂；如果你恨她，带她去纽约，因为那里是地狱。"这句话后来出现在同名电视剧里，成为一个时代和一代人对纽约的印象。对于那些从没去过美国而又满心向往的人来说，美国是个天堂；对于曾经生活在美国和正在美国打拼的人来说，那里即使是天堂，也同样有着车来车往的嘈杂，有着为了一日三餐而奔波劳累的辛酸。真实的美国是什么样的，是一个仁者见仁、智者见智的问题。对于中国人来说，每个人的心中都有一个美国的样子。而从中国来的我也过上了自己的美国生活……

目　录

在美那些事

1

一路向东——踏上美洲，一直有一个愿望——自驾游走遍美洲大陆，上次一个人把西部地区走了一圈，这次一定要把东部地区游一遍，虽然不是每个角落都到，但基本上有些了解。从内华达到黄石公园东门，经过芝加哥、丹佛、林肯一直到纽约，人少地大。从牛仔故乡到中部农业区，只看见车流，没见人劳动工作，人最多的地方就是机场，证明人流量和物流量都大。那里人基本上是劳动半年休闲旅行半年，家家有房有车还带房车，土地全部私有一代代相传。想了解美国，只有深入走进，才发现什么是“美国”，才能了解美国是一个什么样的地方，才能发现这个国家也许是全世界人都想去的地方……

白宫——美国首都总统官邸，是全世界最有影响力的权力机构，又称为椭圆形办公室，因房子全部白色而简称白宫。它现在成了全世界游客的游览之地，提前申请审核后可以进入参观，好奇的是外面游客如梭、吵闹不休，总统是如何在里面办公……曾经有一个电视镜头转播前总统奥巴马先生走出办公室，和一位中国大妈握手，鼓励中国人去美国旅游。美国政府和中国政府的关系定位不是兄弟、朋友、战略伙伴、同盟关系，只能称为“利益有关者”。但政府和美国人对中国人还是友好的，因为华人勤奋工作，不挑事，容易息事宁人，普遍都努力奋斗，是一个安居乐业的群体。

华盛顿市是美国首都，国会大楼、美联储委员会、华盛顿纪念碑、国家公墓、27 位总统墓地，集中在这方圆不足两平方公里的地方。国家公墓的意义重大，这所有的一切都反映出国家意志。没有对与错，没有所谓的正义与邪恶，仅仅告诉人们这里都是为国牺牲和做出贡献的人——美国人。能在这里留名的都是英雄、名人，让后人或者家庭引以为傲。

纽约总是能吸引全世界的目光，这里有大都会艺术博物馆、苹果店、时代广场。有中国企业家用中文在时代广场投放飞字广告，有现代化机器人剥夺“正常”人的生存机会，当然也有华人在街头观光旅游，用一双“老眼”观察纽约的一切。纽约是时尚的、是引领世界潮流的城市。从纽约坐游轮到加拿大魁北克省的海滨城市，那里属于北部，比较冷。但美国东部沿海城市波特兰、波士顿值得一游。虽说国家有200多年历史，但它们的民宿保护完好。沿海而建、价值上亿元的私宅、古老街道，讲述了一个西方世界，也是西方人追求捍卫的普世价值观。

黄石公园东门小镇——Codv，是一个白人的名字，他从蒙大拿州迁移定居，开展了和印第安人争夺土地的战争，最后成了黄石公园的统领者。该小镇以他的名字命名。

尼亚加拉瀑布，位于美国、加拿大边境交会处，确实值得一游。加拿大这边非常壮观，气势磅礴。刚刚认识了一个武汉经理人——张莉莉，在这里定居了20年，异乡见老乡，她为我安排了一个靠瀑布正面的酒店房间。印象深刻，景观尽收眼底。

来纽约三次——对于长岛，是从电视剧《北京人在纽约》里知道这个地方的——顺便也去看了看宋美龄故居，这里十分清静。一代名人在这里活到了105岁。宋夫人——知道点抗战历史的应该知道，她曾致力于中国人民抗日战争，救民族于危难中。这四幢楼可能是孔家和宋家的，其中95号是宋夫人的，1921年建造，也有近100年历史，愿夫人精神永存！

“英雄、勇士”——当敌人杀进家门时，奋起反抗的人们我们称为英雄。在世界上有一帮年轻人远离家乡父老，在异国他乡抗战杀敌，这就是美国二战期间的“飞虎队”。我荣幸地参加了二战论坛，见到了70多年前帮中国抗战的老兵，他们现已九十高龄，把青春献给了中国人民，把热血洒在中国大地上，谱写了一曲动人的赞歌。中国人民会永远记着你们的……

这次一路向东走来，拉斯维加斯、黄石公园、丹佛、纽约、华

盛顿、尼亚加拉瀑布、多伦多、布法罗、底特律、芝加哥，行程历经整个美国东部、中部外加加拿大北部一些地区，基本对美国有了初步了解。晚秋时节，枫叶片片情，一片富饶祥和景象，感觉不虚此行，没有留下什么遗憾。有人说："你去过很多地方，很多国家，什么地方最好？什么国家最美？"我只能遗憾地说："好的地方有缺点，不好的地方也有优点。没有人间天堂，也没有人间地狱，风景就在身边。开心、人好、身体好、家庭好便一切都好。"我只能在某个时候，别人讲起时，我会说："我到过这个地方，知道一点点……"

2

珍珠港——地处夏威夷岛，是太平洋上八个钻石般的宝岛。从英国人库克船长登岸的那一天起，西方文明的伟大，西方文明的逻辑思维，把包含一座座死火山、活火山的洋中小岛雕刻成了无以伦

比、风情万种、风光无限的自然景观。一天中两小时内，可以潜水，可以登雪山，可以探野生瀑布、原始民风民俗、热带雨林，也可以看活火山……奇特的海岸线，一望无际的太平洋上，从白令海峡吹来阵阵凉风，像微电一样在身上引起了一阵又一阵的颤抖……

纯粹原生态的自然景观，得天独厚的地理地貌，多民族的风土人情用法律保护到了极致，是海岛上休闲、度假中的极品胜地，让你仿佛生活在另一星球上，没有遗憾，没有悲哀，更没有忽悠，一切都是“规矩”的。唯一悲哀、唯一遗憾的是当我走下飞机、住进宾馆、打开行李时，发现这趟旅行只带了球包，而忘了带相机。

夏威夷群岛上有檀香山大岛，有活火山的岛才叫夏威夷岛。这里清新、幽静，但是脚底下的活火山不知道什么时间爆发。导游介绍，基本没问题，火山是活的，按自然规律活动。近一月来忙忙碌碌，总体评价不错，自己也给自己放几天假休整。从寒冷的冬天一下进入夏季，衣服全部脱掉还要适应下，但海滩上的冲浪人群，原住民的歌舞晚会，让人感觉——哦！来到了一个欢乐、开心的地方！如果是冲浪运动爱好者，最好、最高端的冲浪运动就在夏威夷岛檀香山，因为它的浪最高可达 10 米至 20 米高，我们经常看到的冲浪运动员在巨大的浪中穿行的视频，就是在这里拍摄的。早期孙中山曾来到岛上，可能更早时就有华人登岛，这里亚裔人较多，气候温暖，沙滩柔软，适合人们休闲，是全世界的度假胜地。新年第一天，继续我的行走。来到檀香山摩门教分支，总部设在犹他州。中国人比较熟悉的“杨百翰大学”就是摩门教徒捐赠办的。杨百翰大学舞蹈团的舞蹈曾经风靡中国。杨百翰大学的在校生近 30000 人，其中大部分学生都是耶稣基督后期圣徒教会的成员，三分之一的学生来自犹他州。

茂宜岛北海岸的哈纳公路之旅将会成为一生中难忘的一次驾车经历。这条公路和加州 1 号公路有些类似。茂宜岛是夏威夷群岛中的另外一个大岛，是钓鱼、打高尔夫、海边晒太阳、养老的好地方。

3

我首次坐豪华邮轮——皇家公主号游墨西哥，也是体验另一种旅行方式。船上设施应有尽有，有赌场、酒吧、豪华餐厅、健身房，完全是一个移动的场所。其实邮轮是一种很好的旅行方式，并且价格相对适中。现在只有一小部分国人玩，更多的是欧美人，并且以中老年人为主。这艘邮轮能容纳 3000 名游客，但有 2000 人为之服务，如果是情侣度假或是朋友结伴出行，是不错的选择。

第一次驾车到洛杉矶海港小镇“浪必此”上船，五小时确实给人锻炼，美国车多速度快，如果没有一定驾车技术是很危险的，朋友们为我捏一把汗，从多条高速转来转去，导航设备真的很好。从美国到墨西哥有三天时间上岸游玩，游了三个海滨城市，也是首次游拉美国家——墨西哥。墨西哥是一个山地国家，以前是西班牙殖民地，讲西班牙语。传说墨西哥社会治安差，其实不然，在海边城市还好。它靠大西洋和太平洋，风景和气候如此美好。这里的山有点像我们桂林的山，但这里的山被称为世界奇观之一。旅行中认识了一位来自香港的朋友，也深入了解了香港人对内地人的认知。

再美的风光也是别的国家的，因为我们是游客，只能说这地方我到过。我尊重身边出现的每一个人，特别是在旅行中，双方都能留下美好的回忆。合得来的人成为朋友，说不来的就各走各的路，继续享受自己行程中的美食、咖啡、快乐。这里有一条缝被当地人称为太平洋之窗，因为穿过去就是太平洋。

从美国沿太平洋海岸线航行到墨西哥大概需要 30 个小时，回去也一样，所以下午一点所有游客全部要回到船上。船上举行各式

各样的活动，有演唱会、艺术品拍卖会，特别给我留下最深印象的是，每人需要着正装出席晚宴，有天晚上，绅士、淑女等富贵、高雅的人们轻声交流，时时发出笑声，西方文明给我留下美好的记忆。这让我想到了民国时期，男士穿中山装、西装，女士穿旗袍，小孩穿马甲长衣，可惜经过几十年的变迁，这些都荡然无存，再难看到那样的场景。也参加了一场油画拍卖会，买下两幅，其中一幅送给女儿作为新年礼物，希望她能从中感受西方艺术，欣赏油画艺术，还去听了一场黑人讲的“脱口秀”，有点像我们的单口相声，内容也是拿身边的一些事和一些人来调侃。但也有一些雅的，比如音乐剧、演唱会。整个行程八天，真正做到雅俗共赏。结束了邮轮旅程后，我点点滴滴地记录了一些事情和自己的感受，和你们分享不一样的新体验。

4

规划了好长时间的自驾行开始，从拉斯维加斯到旧金山，途经红酒谷“纳帕”庄园，肯定要住两天品品最好的名酒。第一次在美国自驾什么都不怕，遗憾的是自己不会英文，只能用眼睛观察，唯一好的是高科技产品手机可以翻译一下。经旧金山走著名的公路加州1号，风景美极了，一边是高山另一边是太平洋海岸线，开上喜欢的敞篷跑车很拉风。期待一场不错的旅行。

纳帕谷长40公里，是一个窄长地带。整个旧金山湾区和我国昆明、青岛气候差不多，适应种葡萄。导游说这里房子很多都空着，中等大小的约50万美元，大的约100万美元。现在有中国人买了一座酒庄。这里酒做得越来越好。现在是淡季，9月、10月是最好的丰收季节，游人多，酒的价格贵。我购买了五瓶已有十年历史的酒，100 美元一瓶，只想对自己好点，留下享用。明天启程回旧金山。

十年前来过旧金山。当时人生地不熟，住了几日便到洛杉矶。旧金山是华人最早登上美国大陆的一个地方，应该是在清末时期。让人惊叹的是金门大桥，它是德裔美国人于 1933 年设计的悬索大桥，现在都不过时。据说中国人要在旁修建第二座大桥。旧金山气候不错，整个湾区房子临近大海。但山地太多，有点脏也有点乱，还处在地震带上，我不是很喜欢。明天前往著名的风景美丽的加州 1 号公路。

加州 1 号公路，有点像中国的川藏线。风格不一样，都很美。从旧金山出发，沿太平洋海岸线，一直到军港城市圣地亚哥，除了漂亮的海岸线，还要穿越原始森林、高山草原，老百姓安居乐业。

美丽的美洲大陆真是人间的“伊甸园”。

开车从旧金山一直到加利福尼亚最南的城市——圣何塞，大概需要一星期，每天八小时车程才能走完。我到圣地亚哥后折返洛杉矶，休息一天再回内华达。不错的行程，基本上把整个加州看完了。美国最好的州是加利福尼亚州，土地肥沃，阳光明媚，气候宜人，是人类最适合居住的地方之一。人口少加上管理有方，整个州像一座世界级公园。

5

“世界上没有无缘无故的爱，也没有无缘无故的恨。”寒假陪女儿坐游轮，酒店去年就安排好了的。整个行程中见识了西方人的文

明、礼貌以及他们的价值观。圣诞节是一个人的生日，但变成了西方国家的新年节日。大家在新年晚会上齐唱圣诞歌，台上有白人、黑人、黄种人等不同国家不同种族的人，没有歧视没有等级。歌声响起时我在一旁感动得落泪，可能是酒喝多了的原因。人与人之间互相尊重，没有见过吵嘴打架，特别是我前面的两个美国男人的表现让我不知道说什么才好，非常感动。

游轮停靠三个地方，波多黎各、巴哈马、牙买加，都是很小很小的地方，巴哈马最大的建筑是中国人建造的，一个是体育馆，估计用得少；另外一个是海边高层建筑，赌场加宾馆。发现拉美国家有很多黑人，以前认为黑人只生活在非洲，所以，人只有走出去才知道世界。

又来到迈阿密海滩。这里总是吸引着世界各地的俊男美女，吸引着世界各地热爱生活的人们。太舒服了，非常享受这里的阳光。一切烦恼随着一阵阵夹带海水的海风飘逝，远去……

女儿在中国上初一，没想到在美国是八年级，是初中毕业，明年上高中。原来美国小学读五年，初中读三年，高中读四年。幸运地见证了她的初中毕业典礼。没想到美国学生的毕业典礼这么隆重，男生要打领带，女生要穿礼服。所有家庭成员都来参加，上至祖父祖母，下至两岁小妹妹，共同见证这人生中的毕业典礼，并且放映每人小时候到现在的照片花絮，有点像中国现在流行的婚庆典礼。整整陪了她一个多月，每天早上7点出门，下午3点接回家，周末上补习班、打针、看牙齿。养儿不容易，一个人长大成人也不容易。很难想象我们父母是怎样把我们养活并抚养大的。做父母真的不容易，但天伦之乐是快乐的、真心的。只要孩子开开心心，一点点进步，一天天长大，我们一天天变老也无憾，人生就是如此。

小女越来越爱臭美，她说相机内存不够了。我问为什么，结果里面全是她自拍的照片，特地选了几张留作桌面。她小时我就灌输思想，希望她搞体育，因为她今年14岁，身高1.67米，我想培养她打高尔夫，给她看很多韩国美女的打球照片，既可以锻炼身体，也可以出名获利。等我老了，我可以帮她服务、背包，也得到了晚年的开心。想培养她，虽然钱不成问题，可她说太累，平时也不锻炼，在美国第一次上体育课她就倒在跑道上了。还好，身体无恙，医生说锻炼太少。现在国内中学生的体育课差不多都取消了，每次学校上体育课她都请假在家，但美国体育课程是一定要上的。她说每次穿得很少，老师也从来不怕孩子病了，老师就是在培养孩子对大自然的抵抗力。我去学校接她，有时天气很冷，美国孩子也穿短裤、凉鞋，他们像是不怕冷似的。不过她现在身体比以前好多了，拉斯维加斯干燥的气候也治好了她从小就有的皮炎。她的照片总是拍得萌萌的，稚气、清纯、可爱。孩子有她自己的想法，有她的追求，一切随天意吧。只希望她有一个快乐的童年、少年、青年，有一个开心快乐的人生。

给小女的礼物是一辆奔驰 E550 敞篷跑车。她只有 14 岁，还有一两年就可以拿驾照开车上学了。现在他们高年级同学都开车上学，让她开心得不得了。她自己亲自编写了车牌号码：2048JDF，她是 2000 年 4 月 8 日出生的，后面的字母是她名字的首写字母。不只她喜欢，我也喜欢这车，应该说这也是我年轻时的梦想，开着敞篷车，带着漂亮的女朋友，接受大学教育，有体面的工作和自己的事业，这才是真正的人生。梦想是实现了，而现实却是时过境迁，物是人非。只能让下一代享受了。当然，我也享受了这开心的过程。希望老爸在她心中有一个不错的位置，仅此而已。

有一次凌晨五点，被一阵微信提醒声吵醒。拿起手机一看，是远在美国的小女发来照片。心中欣慰又高兴，睡意全无。这是她第一次远离父母到美国最穷的地区——弗吉尼亚做义工，途经华盛顿了解美国历史。听说走的那天晚上她很伤心，不想去，甚至说想回中国读书。可以理解，长这么大第一次离开这么长时间，回来后也住在老师家里学习生活，毕竟年纪也太小。但你真正想了解美国历史，学好英文，想上好的大学，这是必须要经历的。其实孩子也应该放出去，让她经风雨、见世面，了解生活，她才会健康长大，痛苦、伤心、离别都是暂时的，但收获一定是很大的。

由于特殊原因，让小女寄宿在美国老师家里三个月。女儿来电话说，老师家里养了三只狗，每天凌晨三点都叫，刚好狗宿舍就在她的房间旁，让她睡不好。我只有放下国内的工作，来美国好好陪陪她。凭良心说，长这么大我从没用心照顾她，有时候心情好就逗逗她，心情不好、工作不顺也没心思管她。可能现在到了这年龄，她不经意的一句话，勾起了我心中柔软的地方。是应该找机会陪陪她、照顾她。接回家里住，她说几个月下来第一次睡了一个安稳觉。带她去吃了两餐韩国烤肉，在超市买了她想要的一切食物和一些生活用品。看到她那么开心的样子，反而我心里有点酸酸的，这次明显长大了，自己洗澡、洗衣服、倒垃圾，还帮我做早餐，讲她在美国人家里的事，给我的感觉她还是喜欢中国，中华民族的文化和饮食习惯深深地扎下了根。老师叫她起个英文名，她说我就叫婧琦，每次老师叫她名字，班上美国孩子们就哄堂大笑，因为太绕口了。不过这也是我期许的，希望她心里始终明白她是个中国人。在美国学习到好的文化，同时也保持中国人优良的文化传统。因为我们是黄皮肤的龙的传人，堂堂正正的中国人。

在美国生活，如果院子里没泳池，等于差点什么，最好还带高尔夫球场。中国要想赶上美国人的生活水平还需要很多年，美国的机制、管理水平、得天独厚的地理位置，加上人口少，让它独领风骚，全世界人都涌向这里。只要聪明、肯干，一切人都会为你鼓掌。

在维拉斯凯撒酒店，有一家中国餐厅——北京9号，生意很好，味道也不错，关键是装修风格很现代、时尚，很有品位。女儿很喜欢吃那里的美食。中国护照吃香，在做活动促销中领取了2500美元购物卡，全球通用，她很开心。因为暑假往返中美两国都会途经韩国同学家，可大肆购买衣服和礼物了。

说起韩国，属于适合人类居住的北纬30度地区，包括丽江、温哥华、洛杉矶、旧金山等地同处于此纬度。这一带气候温暖湿润，四季如春，人杰地灵。小小的国家文化影响了中华大地的影视、服装，现在中国人爱吃韩国美食，比如泡菜、蜜汁猪都是韩国美食。在美国，除了外来的移民建的中国城外，较有名的就是韩国城。他们国家小，但各行各业的人都是全面出击。

每次路过韩国仁川机场，都觉得高丽人把机场当作一个舞台，展示民族食品、民族服饰、民族音乐。悠扬的钢琴、小提琴四重奏，给人旅行中带来清新、美妙的感受。当疲劳时突然有一曲动听的音乐传入你的耳朵，会让你的心情和精神瞬间变好。女孩子拉提琴好看，音乐也美。我认为世界上只有一种语言是相通的，那就是音乐。机场是一个中转站，也是一个舞台，国际舞台。要利用好这平台开店做生意，应该加一点民族的、高雅的艺术文化在里面，而不是一味地为了钱。这点韩国走在了我们前面，做得比我们好。这

也是目前吸引千万中国年轻人的原因，包括我女儿在内，这值得我们好好反思。这里让游客感觉不像是出行，而是轻松地参加一个派对，美女帅哥如云。轻松出行、愉快购物、转乘方便、笑脸相迎相送，真是值得我们好好学习的地方。

每次回来途经这里的时候，总要带点什么。其实以前都是经上海往返美国。上海和仁川飞往美国的距离差不多，但武汉经韩国往返行李能直达美国，省去了先在国内拿行李再赶飞美国的时间。这一小小的变动，把国内很多客源都带去了韩国。并且休息时间安排得恰到好处，一点都不累。还有韩国人的文化、衣饰、电器、音乐、影视剧也吸引了大批中国人。特别是看看他们做的点心，你都不忍心吃一口，因为完完全全是一件艺术品。

女儿回来一个月，过几天又要走了，踏上漫漫求学之路，美国高中四年、大学四年，如果读研四年的话一共需要读十二年。古语云：“女子无才便是德。”但现在变了，我总是不停地告诫她，你所学的，以后下半辈子将受用不尽，一定要好好学，认真读书。这条路是我帮她安排的，也不知好不好，对不对。有时和她交流，我总是告诉她，爷爷让我把我高中读完，而我把你送出国，也有能力扶助你把博士读完，希望你能理解、珍惜。不知不觉在身边久了，当要离开时心中便恋恋不舍，只希望青出于蓝而胜于蓝，一代比一代好，一代比一代强。

女大十八变，只是三个月没见，再次见到觉得她变化很大。照片上的侧影感觉好成熟，正面看本人还是稚嫩。今年也刚刚 16 岁，

高二学生，美国高二学习基本是中国大学一年级水平。来美国之前听说美国孩子学习轻松。是的，小学、初中任其发展，高中就不一样，美国人也是很拼的，拼家庭实力，拼孩子智力，还要拼前期规划。前一段时期的担忧烦恼一扫而光，她自己知道自己想要什么，想要干什么，虽然不成熟，但是我们只能做一个忠实粉丝和听众。酒后自己也免不了“王婆卖瓜，自卖自夸”。人生还是需要后天学习培养的。但我只祈求她平平安安，有一个健康的身体、活泼的心态，人生路上且行且珍惜。

6

来美国快一个月了，只打了两场球。一是没有想要的朋友圈

子，二是没有兴趣。这里的球场不适合打 PQA 比赛，但在美国想用这球场还是很难的。它是永利赌场在市中心寸土寸金的地方建的一个高级高尔夫球场。一场球的费用是 500 美元，另有小费 100 美元。球场球道果然完美，有点像国内昆明的春城球场，关键是杆弟的职业精神是值得赞美的。喜欢高尔夫球的朋友一定要来体验体验，那就不枉来美国一趟。

首次参加高尔夫球赛，拿了一个冠军。所以人生有很多运气成分在里面，就看你有没有这缘分。虽说这只是一个运动玩法，但给人心理、身体上带来莫大享受。所以美国朋友见面都是哇哇的赞美声一片，因为他们知道，这项运动学会很简单，但打好却很难。机会抓住了，你也成功了。

首次观摩美国牛仔节，这是全世界牛仔的盛会。他们全是白人，讲英文。有点和我们西藏民族一样，是游牧民族，男人女人全部戴礼帽穿牛仔裤，帅气漂亮，相当富有。比赛节目就是展示平时在生活、工作中的一些技能，但非常紧张刺激，特别是斗牛，充满

受伤的危险，但也产生英雄，奖金高达上百万美元。以前西部片拔枪相斗的场景也不存在，全部在美国法律监管下。他们第一次看见有两个中国人参加他们的节日盛会，喜欢他们的活动。这真是不错的体验。

去加州一小镇续驾照。茫茫戈壁滩，苍凉而宽广。在途中路边的一美国农民那里购买蜂蜜，我指着他后面的地问他："这地全是你的吗？"他回答："是上帝的。"是的，世上一切都与自己无关，是上帝的。到以前美国西部淘金的地方去，苍凉的戈壁荒滩，难得看见一个人，只剩不知什么时候牛仔留下的弃房。唯一见到的是西部列车，金没有淘到，但带回值得纪念的石头。

美国有个复古车展，人们开着不同的老车型的车，穿着以前的服装，女士头上扎着鲜花，男士头发上做出各种造型，他们聚在一起喝酒聊天。这也是一种文化传承，也是一种富裕的

生活表现。做自己喜欢做的事，和志同道合的朋友过自己喜欢的生活。

看了一场美国大学生篮球联赛，他们的个人水平之高、素质之强令人佩服，只能说这运动天生就是他们玩的，大部分为黑人，个高、强壮。未来的 NBA 球员在他们中产生。选中身价最少也在千万美元以上，高的达亿万美元。中国的姚明在 NBA 获得了荣誉和回报后回到中国。一个球员在 NBA 坐坐板凳也有几百万美元收入。美国运动员收入最高的项目是拳击、高尔夫球。他们崇拜的是人才，只要你有本事，你就拥有地位、金钱以及能受到尊重。

美国 CES 展览会应该是世界最顶级、最大的消费类电子产品展览会。来自全球的高科技企业都拿出当年流行的新产品，这也是互相学习提高的机会。让人高兴的是耳朵里经常传来普通话的声

音，证明很多中国企业已经走进来了。吃饭时也看到了华为的三个大桌子上的人还举着牌子。联想也搞了个大场面。其实人的生活很简单，但有些东西让人复杂化了，科技化了，最终承受的还是人类自己。

7

相传，一群白人登陆美洲大陆后，在快要饿死时突然出现一群火鸡。以后又有印地安人教他们种玉米、养殖。为了纪念这一天，每年的 11 月最后一个星期四，定为感恩节，相当于我们中国的中秋节。

在美国的第一个感恩节，应汪洪大师邀请，著名蒙古族作曲家，《天边》《呼伦贝尔大草原》等耳熟能详的动人歌曲的作者乌兰托嘎一行于月底来访拉斯维加斯，举办乌兰托嘎歌友会。届时将有精彩的互动节目，一些歌手演唱作曲家的大作，由作曲家当场点评。更难得的是作曲家和他的儿子哈泊力夫也将为大家现场演唱。

也曾应邀参加过孙中山诞辰 150 周年活动。孙中山的曾孙、曾孙女、外甥也应邀出席参加文化节的画展。坦白说对于看画我是外行，但看得还挺多。主要是好多年前到旧金山，认识一个上海女人，她儿子是纽约一所美院毕业的，邀请当时没有事的我一同参加她儿子的毕业典礼，并参观了帝国画院。记得当时我主要看了画下面的价格，几千万美元一幅画。加上她儿子的讲解，油画在我心里留下很深的记忆。上次在墨西哥邮轮上参加拍卖会时购买了两幅，一幅是《仕女图》，送给女儿挂房间作纪念；另外一幅挂在家中客厅的中央，是一位已故的美籍墨西哥画家的作品，一眼就喜欢上了。西方国家的家中一般都挂有一两幅油画，代表一种品位。西方油画艺术越看越有味，人有时像活生生的人。初看像相片，细看是人，一笔一笔勾画出来的。最为关键的是油画放越久越好，容易收藏。有点像我们的茅台酒，越久越醇。所以油画是一项伟大的艺术。

在舒缓的音乐中追忆过往，翻看手机照片集锦。这是在哪儿呢？这是什么人和我在一起？南极，南非，沙漠，青海湖畔，美丽的云南村庄……远离喧嚣的环境，独自躲进小楼。夫有何求？知足常乐。腰椎间盘病犯了，躺在家里地板上，所有席梦思床都不能入睡，痛苦但思想是活跃的。想到好多事，如果一个人的腰发病了，整个人不能动，一个家的主力倒了，是什么感觉？一个国家的脊梁垮了是什么样子？马友友的大提琴曲《美国往事》，倾诉着人生的点点滴滴、历历往事。岁月里填满了故事，泪眼婆娑，迷离，忧伤。走过了山，也走过了水，还有多少思念在岁月里停留……光阴的故事，有忧伤，有疼痛，有回味，若隐若现的风景、人、事，渐行渐远的过往。有人说，这是老了；也有人说，这是人生的经历、财富。褚时健先生说，我也累了……

8

当我们越来越对中国传统佳节——春节淡漠时，西方过春节却越来越隆重。有点勾起我儿时的记忆，各家各户张灯结彩，鞭炮齐鸣，穿新衣服，吃团圆饭。祖孙五代、四代、三代齐聚。欢声笑语，上敬老下扶小，儒礼、儒教，一代传一代，讲究人丁兴旺、香火传承。真是久违的记忆。现在中国人喜欢过西方人的节日——圣诞节，万人空巷；而西方人却喜欢过中国人的节日——农历春节，也是热闹非凡，喜气洋洋。东西方文化冲撞的结果，就是都找到一个开心、欢乐的理由，以及对一个民族文化的仰慕、尊重。而我更切实感觉到中国文化是越来越重要，越来越值得骄傲的。

谁说美国人不懂中国，那就大错特错。川普先生派他最喜欢的大女儿，带上小外孙女到华盛顿中国大使馆拜年，还让小外孙女秀中国话。其实美国人比某些中国人更懂中国，看看他们为中国春节所做的装扮，样样都是华人喜爱的。美国人民对中国人民都很友善，因为他们知道中国人安居乐业、本分、不惹是生非。但两国人民的兴趣爱好不一样，价值观不一样，只能说是社会体制不一样决定的。

美国新年晚会体现了美国风格，摇滚音乐、灯光、独具匠心的菜单、景点让人惊叹。热闹、华丽、多元文化是美国社会的主旋律。无论在哪里过新年，新的一年到来对小的一辈是长了一岁，对老的是又老了一年。不管怎样，新年祝福都是一样的，只要健康、平安、快乐就好。

9

食——人性之一也。中华民族几千年的美食文化讲究色、香、味、形，应该也讲究养身、壮体。在一家美国餐厅，曾经有一位大厨的后代到餐厅来，引起轰动，人们纷纷合影留念。人们将他视作明星，给予欣赏、尊敬、掌声、感谢，希望把这美食传承下来，让人们可以享受美食，享受生活。

法国米其林餐厅——专供法式宫廷菜，据说在美国只有两家，现在朋友说开了五家。现在还有个米其林轮胎，但其实米其林是做餐饮发家的，有点像中国的满汉全席。地道、传统的欧式西餐需正装出席，整个饭局要三小时以上。美食、礼仪、文明、优雅、绅士全部体现在三小时的享用美食过程中。这就是民族文化。

这里的牛排餐厅有很多等级，钱多就吃好一点，钱少就吃差一点，但所谓差也是每人最低消费 150 美元。不管价格如何服务都是一流的。在美国，只要你有钱就能享受最好的服务。没有人仇富，也没有人评论你干涉你，因为那是你自己的事。但人与人之间一定要尊重、礼貌。

有一次晚餐是在花的簇拥、青蛙的叫声中度过的，富丽堂皇，极尽华贵。朋友们安排这样的聚会，让我很感动。一餐饭后小费都用掉不少。他们告诉我，在美国拉斯维加斯，人有多大胆地有多大产，只要遵纪守法，有真才实干，就没有人嫉妒你，你想要什么样的生活这里都有，让你绝对享受到热情服务，美女、美酒、美食尽有尽有。

没有想到我一生中有一个生日是在美国过，而且是在最豪华的永利酒店中度过的，其实过生日无所谓，只是自己找个理由开心开心、高兴高兴而已。刚好有一群各行各业的朋友，他们都很成功，也帮助了我不少，大家在异国他乡走到一起是缘分，也是一种抱团取暖，与人方便与己方便，共修德，行善事。他们让我度过了生命中有意义、值得纪念的一天。

10

又闻四重奏，动人的旋律，美妙的音乐，漂亮的女人，让人陶醉。记得改革开放初期，我们各大星级酒店都有这种西洋音乐，高级、典雅、舒心。每每我在闲暇之余都要在咖啡馆叫上一杯咖啡，放松身心，享受人生中难得的时刻。如何让社会文化具有多样性，做到雅俗共赏、有生命力，是我们值得探讨的一个问题。但对于我来讲，还是喜欢雅的文化，喜欢发自内心的有生命力的东西。

东方歌舞团巡美演出来到拉斯维加斯，我近距离观看整个舞美。演出主要展现了音乐、爱情、易经、中医、京剧脸谱等。没有什么高潮，只是好像喝了一碗心灵鸡汤。但我这次强烈地感觉到中华民族的含蓄古典美。

席琳·迪翁在丈夫刚刚去世不到三个月又开唱了。1998 年，

她凭借一首电影《泰达尼克号》主题曲《我心永恒》唱响全球。之前来美国看过她的演出。今天1968年出生的席琳·迪翁改变演唱风格，主要以唱功展现。天后就是天后，巨星就是巨星。演员的功底，优秀的伴奏，好的灯光和音响，又加上观众的素质让演唱会十分精彩，这样的夜晚是一个不眠之夜。

席琳·迪翁的人生充满浪漫、勇敢、执着、名气、巨富。很多欧洲人特别是法国人对她充满崇拜。她12岁时师从著名加拿大音乐人雷尼·安杰利，雷尼曾经为她卖掉房产出专辑。随着时间推移，席琳·迪翁慢慢爱上了离婚两次的雷尼，并且爱得极深。她为雷尼生下三个儿子。雷尼得癌症后染上赌博的恶习，传说输掉五亿美元。席琳·迪翁在拉斯维加斯四年的演出费用全部输完，一度传出两人婚变的消息。雷尼最后还是在席琳·迪翁的陪伴下离开人世，这就是一代歌坛天后传奇的爱情故事。现在她抚养四个小孩，生活在拉斯维加斯，每星期演出两场。自己想演就演而不是受合作协议限制。但愿席琳·迪翁演唱更多好听的歌曲，演出越来越精彩。

期盼已久的陈奕迅演唱会也如期举行。整个演唱会舞美、歌词、音乐都很精彩。曾经用他的歌曲《好久不见》作背景音乐写过一篇博文，还用过一首《稳稳的幸福》。当天有几首粤语歌曲词也很美，贴心，深深地打动了歌迷。有从洛杉矶、旧金山过来的年轻朋友。我一直认为只有像我们这种年龄还有“80后”会喜欢陈奕迅的歌，因为有丰富阅历的人才会喜欢。没想到我女儿的一个女同学说也喜欢。看来好音乐、自然流露真情的好歌曲，人人都喜欢，是不分年龄大小和层次的。整个演唱会很成功，当然来的全部是华人，主要是早期过来的一些香港、台湾、广东人的后代，讲英语、粤语的歌手是他们所追捧的。

有时在美国一个人的时候会静静地思考，感慨。人生，这辈子先活好。我们在亲人的欢笑声中开始，又在亲人的悲伤中结束。我们无法控制、计算自己的生与死，但我们庆幸自己有了这生。我们都希望有个幸福的家，有一个相亲相爱的伴侣。人活一辈子，会遇见多少恩怨情仇，可是人不就这一生，又有什么看不开的呢？我们不能虚度此生，所以让我们从快乐开始，爱你想爱的，做你想做的。人这一生，该拼搏的我们一定要去拼搏，该争取的一定要争取，包括爱情。人这一生，要想活得轻松，活得得意，那么你就要记住该记住的，忘记该忘记的，改变该改变的。

这短短一生，不要过分苛求，不要有太多欲望。最重要的是善待自己，短短一生，开心也是一天，不开心也是一天。我们可以淡然面对，也可以去积极把握。当你看不开时，当你春风拂面得意时，当你愤愤不平时，当你深陷痛苦时，请想想，人不就是这一辈子。短短一生，根本没有来世，佛教是求来世，道教是求今生。我不信佛但观佛，我追寻道教思想——应该把这辈子先活好，应该好好地去珍惜它、善待它、把握它。做好你能做的每一件事，珍惜身边的每一个人，短短一生，要学会珍惜、珍重！

美国是一个多元化的国家，每个人的眼中，都有一个不一样的美国。我所看到的也是从我的角度观察的。我这一路看下来，就拿东海岸的纽约和西海岸的洛杉矶来说，很多人踏上美国首先到的就是这两个大城市，并且在这两个大城市体会到了美国人的善良和热情。但是我想说的是，这两个城市都是移民城市，地道的老美其实并不多。当你来到辽阔的美国中部，你才能感受到地道老美的美式淳朴。不过就移民和具体生活而言，你还是得在这两个城市之中选

择，原因大家都知道，华人多，语言沟通方便，买东西方便，你不可能为了买些食材而奔波几十公里。

当然每个城市有每个城市的不同，就比如纽约，它的福利很优厚，空气也非常好，纽约的春天和秋天非常漂亮。但是四季过于分明，夏天有桑拿天，冬天雪大，出门不方便，不适合小孩子。又比如拉斯维加斯，它的福利就比较差，而且空气干燥，温差较大。每次去拉斯维加斯，我的头都会巨疼。也许是赌城的关系，这里人也比较浮躁，感觉这个城市里面每一个人的眼神里面都燃烧着物欲。再比如洛杉矶，它的空气不好但是气候最佳，四季都有加州阳光，可供户外活动的时间极长，最适合小孩子生长。它的福利待遇也还可以，所以没办法评价一个城市的好与坏。很多中国人，到了美国之后，由于各种原因，生活的环境不同，遇到的人不同，发生的故事也会有不一样的精彩……

简单就好

1

历经长达 13 小时的飞行时间终于到家——武汉了。这次是我在美国待得最久的一次，长达四个月。呵呵，在美国待久了，回家有点不适应。车还是每天堵，空气还是不好。司机开玩笑说："您回来这天是这四个月来最好的一天。"运气真好，最好的一天让我赶上了。美好的一天？国内改革声阵阵，连我经常去喝咖啡的小店门前也改变了，立起一排排铁栅栏，是车太多？还是管理水平不够？不知要怎么改革？即使改得像牢房一样，我也要去喝上一杯。咖啡香飘进来，心里也安静下来。

点上香烟，插上耳机。伴随着音乐，在烟味加上咖啡香的气氛中，思绪飘向那遥远的国度，回忆起这四个月来发生在身边的人和事。Sammie 就是我今天要分享给大家的故事中的主人翁——一个台湾女孩，但她告诉我，她其实是个南京人……

2

和 Sammie 相识于一家餐厅，一家在内华达州拉斯维加斯戈壁滩上建造起来的江南水乡风格餐厅，有凉亭、瀑布。人生中有一种偶遇是对某人、某事、某话留下很深的印象，也许对于别人同样也是如此。我和 Sammie 的相识就是这种。当我欣赏人造景观，面对手中的英文菜单而无助时，突然耳边飘来中文声：“先生，您需要帮助吗？”抬头看见一位华人美女，齐肩的短发，高高的个子，满脸的微笑露出两排洁白的牙齿，正站在身旁。“需要，太好了，谢谢！你来自哪里？”在美国像我这种不懂英文更谈不上看懂英文菜单的人在生活上很不方便，如果这时有会讲中文的人帮助，心情真是太好了。她说：“我来自台湾，是山东人。”太好了，应该是一顿不错的晚餐。点上最好的日本清酒，最好吃的菜。也许是我去美国的时间短，加上受一些思想的影响，对台湾人、香港人以及有些老移民，有不好印象。我对他们内心深处有些阻隔感。人基本生活在很小很小的圈子里，最好生活简单点。每天早上七点送完孩子后到健身房活动

一小时，再到赌场玩玩德州扑克，听听音乐看看书，一天就过去了。刚刚开始不习惯，时间久了就好了。这里有很多娱乐项目，如表演、比赛、展览。如果懂英文每天都有活动。美酒、美女、美食、服务应有尽有，全部是世界顶级的，前提是必须有钱。世界上各种肤色的人群在此尽情享受、享乐。只有想不到的没有办不到的。

3

两年后，也就是这次来美国时，我在另一个酒店举办的“大都会”高尔夫邀请赛上，意外获得第一名，奖金5000美元加奖杯一座。在晚宴上碰见了和Sammie在同一酒店供职的营销部职员——上海小姐朱丽。“你好，范先生，好久不见！”“呵呵，你好，朱丽，刚刚到美国不久。”我回答道。我们谈起她在另一酒店的人和事，她告诉我，她现在已离开，供职于我打高尔夫球获得冠军的酒店。这么巧，人生无处不相逢。闲聊中我顺便问起曾经在餐厅做待位经理的台湾小姐还在不，她说应该还在，问我：“你认识她？”我说不是，只是那一次饭局偶遇。朱丽说，她是台湾人，她父亲应该是南京人。哦，可能我听成了山东人。她说帮我问问，顺便约约。两天后朱丽打电话告诉我，Sammie还在上班，来自台湾，父亲是南京人。就这样，Sammie开始了我和她的交往和分享她的人生故事。

4

朱丽打电话告诉我，Sammie每星期六、星期天休息有时间，Sammie对我说谢谢，很开心我邀请她，并开玩笑告诉我“她现在可是单身呐”。一个星期六的晚上，在朱丽安排的大都会餐厅里我和 Sammie 见面，这家餐厅以日本寿司为主，更好的是日本神户牛肉。女儿曾经吃过后，在她同学里吹嘘这是她吃过的最好的“神户牛肉”。Sammie 来了，还是两年前的样子，高高个子齐肩短发，满脸的微笑露出洁白的牙齿。说着一口林志玲式的台湾普通话，只是没有嗲声嗲气那么浓。我问，不认识吧？没有印象吧？她说是的，在这家餐厅工作了 12 年，见到过太多人并且都是大豪客。我讲起曾经的经历及感受，她大笑。

她来自台湾，父亲是南京人，母亲是上海人。应该就是我们所说的“外省人”，高中毕业来美留学已快 20 年。Sammie 应该是个很开朗的人，性格也好，我们初次见面她总是笑个不停。她告诉我她母亲只有一米六，但她生出一个一米七三的大个子女儿。她神秘地说，是不是出生时她妈在医院抱错了。我也哈哈大笑，说有可能。Sammie 是个极会点菜的人，可能跟她工作有关系，不多不少恰到好处。在大学时认识白人男友，是个剧作家，曾在一起七年，如今已分手，现在单身。我问小孩呢，她说她是独身主义者，不要小孩，没有小孩。我问为什么，她告诉我曾经她大姐生小孩时医生让她进产房，把她吓到了，为这事她母亲一直怪她大姐。其实她本人也不想，并告诉我她是一个很简单的人。她其实条件很好，身边应该有很多追求者，只是不想被利益左右。

她曾经在北京工作过几年，最后还是回到美国。台湾人早期到美国比较早，他们的社会体制和价值观与美国基本一样，马英九、蔡英文都曾经留美并且接受高等教育。他们融入美国社会比大陆人容易得多，基本上就是美国人。但她告诉我，年龄大了还是想回台湾，回到那生她养育她的台湾岛。虽说那里曾经留下很多痛苦的回忆，但她还是想回去。同时也告诉她是南京人，因为她父亲是南京人，根在大陆。

5

Sammie 的父亲和我父亲应该年龄差不多，应该都是黄埔系，青春年华在抗日战争末期和解放战争初期。她告诉我她父亲是一个指挥官，至于当多大官什么职位她不知道，不同的是她父亲随蒋先生去了台湾，我父亲留在大陆劳动改造。她说她父亲脾气粗暴，打她哥哥也打她，他们之间 15 年没有联系也没见面。直到父亲逝世前她赶回去见了一面。父亲说没有想到她会回来。我问她父亲的家乡南京回去过吗？她说父亲没有，她也没有，基本上失去联系。父亲带着一辈子家仇国恨和遗憾进入坟墓，客死他乡。她只是听父亲说故乡是江苏南京。

Sammie 是一个很有性格的知识女性，这么多年来靠自己独立生活，靠自己能力供养房贷，这在美国是很不简单的。她时常问我，她是不是很笨，一套房子还供不起。我说这很不容易，一个人工作一个人赚钱不容易，靠打工，没有做生意，又没有强有力的肩膀支撑。她说不过房贷快还完了，之后就可以环游世界。她是简单的人，朋友不多，只有两三个但绝对是关系很铁的朋友。每天上班下班回家三点一线。在美国能在一个酒店工作这么长时间很不容易，也许和她简单的性格有关。闲聊中我问她能不能把她的故事写出来让朋友分享，她同意了。我也告诉她我现在基本上退休闲下来，想搜集一些像她们这样在美国求学工作的年轻女性的故事写一本书《绿卡梦》。当然以大陆为主，她是一个意外而走进我的视野。

她说好啊，到时送她一本。这次在拉美邮轮中发短信她，想进一步了解她和父亲的感情经历，她也同意了。但最后回来联系她时她失联了，不知是什么原因，也许这段故事是她很伤心的经历和伤疤，不愿透露。但和她相处很愉快、很开心、很随意，因为她是一个简单的人、快乐的人，没有防范也没有戒备，倾心交朋友，坦诚对事。

心态好，一切好，我们虽说都是华人，来自不同社会，受不同教育，但都有基本的人性和底线，能在一起交流聊天很开心。在我要结束这个小故事时，希望 Sammie 能看到这篇小文。我感谢你能讲出来让大家分享你的人生、追求、思想。我祝福你，Sammie，越简单越好。最后用一句美国人见面时经常说的一句话作为结束语：“Nice to meet you, Sammie!”

故乡万里梦依稀

1

来自农村的我现在移民到美国，但依旧会怀念我的故乡。故乡是每个人的伊甸园。它给了你生命的源头，让你知道自己是从哪里来的，是怎么走到现在，活到至今。故乡是什么含义？应该是自己出生、成长的地方，好多年好多年后变成了故乡。可我没有，依稀记得只是父亲下放改造，把我们带回了他的家乡。

父母告诉我，我出生在京山县钱场一个叫什么芳岭的地方，是我母亲出生的地方。后来，黄埔军校毕业的父亲回到地方工作，不知什么原因他到母亲家乡教书育人。外公外婆当时勤劳，靠卖“豆腐脑”挣了一点钱。在当时应该是富人，有两套土房子，二十亩薄地，家里也没有佣工，农忙时请人帮忙，但也要付工钱的。外公当时只有二女一男，其中一女夭折，男孩又小。看父亲有文化又正值青年，便托人做媒让父亲上门做儿子，以便留在家里撑家门。父亲家穷，靠手艺吃饭，所以答应留下，以后便生下我。

生下我肯定是中华人民共和国成立后了。当时也不知什么原因父亲去县城工作，听他讲好像是做勘探开发工作。他认识一个好朋

友，酒也喝得来聊也聊得来，便从县城把我们带到一个小镇。母亲也随后带我们几个孩子来到小镇——永隆镇。最后全家下乡劳动改造。可我父母他们都有工作啊，应该不在此列，但有历史问题，眉毛胡子一把抓。本来我们应该就地下放，但父亲他有三兄弟，成分好。每家有两三个儿子都成年，由于我当时小，为了不受外人欺负加上他想念家乡，便带我们一起回到了他的家乡天门，这里以后便成了我的故乡。

2

父亲家乡变成了我的家乡，父亲的故乡变成了我的故乡。曾经写过一篇博文《赶场》，主要讲述了我们全家一起下放到农村的情景。那时候我还小，只有不到八岁，记得刚刚读小学二年级。父亲的家乡隐隐约约还记得一点点，应该是父亲的二哥嫁女，摆宴席，吹唢呐，骑高马，抬花轿。婚床都是能工巧匠雕刻出来的龙凤床，红红箱子上贴上喜字，是中国传统的繁体字“囍”。那时候农村、城市没有什么区别，我们反而认为农村好。二伯家后面是一条大堤，堤下面是一条宽阔的大河，放学后小朋友把自家的牛、马赶在堤下放牧，我们有时骑在牛、马身上，有时在草地上嬉耍。特别是春天，没有农药味的微微细风，清清的河水，婆娑的杨柳，当地人地方话的呐喊声、小曲歌声，构成一片祥和的景象。

家对面是一条长长的小路，路两边种满黄黄的油菜花。顺着小路有一个小池塘，全村好像都吃这池塘里的水，有连片连片的荷叶、荷花、垂柳，这里也成了我游泳的地方。我们还用木板做的圆圆的小船，当地人称为“江盆”，去摘采荷花、莲子米。渴了就用荷叶包水喝，没有污染，没有农药，没有工业。池塘里的鱼成群结队，想吃就用钓鱼杆钓。当地人有一种工具叫“丝鲁”，里面放一些鸡蛋壳，中午和下午做饭前去拿，用来钓鱼。自己养的猪，每年请专业屠夫杀一头，过年吃，多的则腌好挂在墙上。

在我家里，小孩子家教很严，规定尊重老人、扶持幼儿，吃饭不谁讲话，桌前坐下的都是男人，我那时小也能坐下，但我姐姐，包括大伯、二伯家的女儿都不行，站着端着碗吃饭，站在男人背后，但还是发出欢声笑语。只是我们从城市回去，我大姐看不惯，顶嘴，奶奶就拿扫帚打，当然是假打。二姐不吭声。这就是当时也可以说是旧中国老祖宗留下的传统和规定。礼义廉耻，尊老扶小，一代代相传。家家户户礼尚往来，礼义廉耻是当时的标准。这就是我的家乡，当年我应该是三五岁的样子，是我们从城市回农村我父亲家乡时的情景。后来一切都变了样。1970 年父亲带我们回到了那令我神往的伊甸园，这一待就是整整六年。以后也变成了我的故乡。

3

我本出生在农村，是父亲把我们带入城市。我儿童时期应该是在城市长大的，少年时期应该是在农村父亲的家乡度过。我们不应该在下放劳动改造之列，但那时候城市小，离政策中心远，据后来别人讲，晚走两个月就不会下放。但那时父亲心灰意冷，儿时读书漂泊多年，也想兄弟姐妹团聚，落叶归根，彼此有个照应。在一个早上父亲用一条小船把我两个姐姐运回了家乡。父亲在故乡本没有房子，只有在大伯屋旁边搭起长长的房子，我们五口人吃住全在里面。我农活不会，体力不够，大姐 17 岁，二姐 12 岁，我只有 7 岁。她们全部在家帮父母，只有我一人上学读二年级。据母亲后来回忆，当年修个什么河，父亲、大姐代家出征，大姐那么小的年龄，母亲在家哭了一晚上。回到父亲的故乡后，农村里也是不平静。

村里讲姓、家族。有些人不尊重人，他们没有人权平等的概念。家族里也不平静。爷爷留下的房子父亲应该也有份，但二伯他们家说父亲是上门做了别人的儿子改了姓，不应该分祖宗的地和房子。唉，上代人处理不好关系，我们晚辈关系也不好。我那时小不懂事，只是现在成年后回忆过去确实有好多事让人不堪回首。过去好多年，家乡离武汉没有多远，我们子女都不愿回去，只是传说父亲的兄弟之间关系好。但我的少年、我的伊甸园是我长长的乡愁，儿时留下的过往是挥之不去的相思，这不是空间的距离，更重要的是心里的距离。“不是不归归不得，梦里乡关春复秋。”每到清明、除夕时，夜深人静之后，我便到一个偏僻十字路口处，给父亲和范家的列祖列宗烧些纸钱，口中念叨一些不肖子孙道歉时该说的话，有时说多了难免心生悲凉。“今夕为何夕，他乡说故乡。”其实故乡是一定要回去的，活着回不去，死了也得回去……

虎妈——章洁

1

在内华达州有个中国城，当年是台湾人修建的，应该也只有20年历史，我记得当年去美国时就有了，朋友告诉我刚刚开张。20年历史的“中国城”是很新的，美国历史上最早的华埠中国城应该可追溯到清末。

在华埠中国城有个旅行社很好找，进门右边第一间就是。里面坐着一位白白的、身材高挑的美女，用一口流利的英文接待来访的游客。我当时也是想出去旅行而前来咨询，人很多，我只能在旁边静静坐着。完后她站起来问我：“先生，有什么需要帮你的吗？”“是的。”我回应道。我说：“听口音你好像是北方人？”“是的，我是北京人，来美国快 20 年了。”“哦，你北京腔已经不是很浓了，可能在美国待久了。”我说道。这应该算是我们第一次认识，我也告诉她我来自湖北武汉，但我没有告诉她我其实出生于湖北乡下一个很小很小不知名的小镇。她说这地方武汉人很少。是的，20 年前我去的时候华人好像不到两万人，基本上以广东人为主，现在据不完全统计约有六万人了。以前他们互相都认识，现在新移民增加后互相不认识也不了解。但对于章洁，基本上别人都认识，她不认识别人，别人认识她，在华埠中国城旅行社里有一位知书达礼、热心快肠、能解决问题的美女——章洁。

2

章洁笑点很低，每当我讲出一个笑话，她就哈哈大笑并且声音很大。不管旁边有没有人，她才不管。但我觉得别人并不反感，或许是她引人注目，或许是她能讲一口地道流利的英文，更或许是当地人认为她就是本地人的原因。其实美国当地人吃饭聚会时的声音也很大，但没有人上去制止。反而中国人在一起声音大一点、响一点，美国人都看过来，有时还有服务生过来轻声说，别人在抗议，但如果我们一起都讲英文或者中间有一个美国白人就好一点。所以，美国是存在歧视的，是分种族的。只是美国法律法规规定不能这样，打官司很麻烦，种族歧视罪的处罚很重。章洁告诉我她随便吃什么，都不长胖，我哈哈大笑，说可能全部都长心了。她确实是一个言行很谨慎的人。我们在一起谈的更多的就是孩子、父母。每当我聊到她感情生活时她就一声不吭，但只要一谈到她女儿，她就兴高采烈，喜怒哀乐表露无遗。她是一个优秀的单身妈妈，也是一个事业有成的女人，我每次都亲切地叫她“虎妈”，她哈哈大笑，很开心，并乐意接受。

3

虎妈章洁作为一个女人，以平常人特别是像我这样出身的人的眼光来看，她是集万千宠爱于一身。她出生在北京，有良好的家庭背景，从没有受过冲击，包括她父母和她本人。刚刚改革开放时留学，身高 1.69 米，漂亮，皮肤白白的。我们在一起常常开玩笑。我说，我们都属于汉族白种人，因为我的全身皮肤都是白的，章洁更白，她大笑，说我有种族歧视倾向，我说只是开开玩笑。

章洁给我的印象是个乐天派，“眼泪”这词应该和她不沾边，但有一次谈到她女儿，上学不好好学习，成绩一落千丈，她在家悲伤、流泪、要死要活的。她告诉我，她在孩子刚刚满月时就离开她丈夫，卡上只有 50 美元。她这话正好碰到我要问的问题，我问她为什么，她说她丈夫是来美国最早的那一批大学生，在大学任教。她告诉我，他们过的是纯美国人的生活方式，什么都 AA 制，她受不了，加上他对她父母不好。我理解，因为她父母只有她一个女儿，现在都在美国跟着她。我曾经和她父母在一起吃过饭，他们很健谈。“虎妈”对孩子负责任，有母亲加上父亲的责任。最后她孩子终于考上美国常春藤盟校中仅次于哈佛大学的一所名校。我回国之前她告诉我，她孩子又考了一个第一名。她事业上红红火火，朋友告诉我，她一个打工的最后做成了老板，现在在美国有多套房产，以后她就可以安心养老。我笑着说她是一个被钱“奴役”的女人，她笑着说，是的，她爱房子胜过爱男人。

4

和章洁相处还是蛮开心、蛮愉快的。在遥远的异国他乡，分享人生的悲欢离合。刚刚开始时她时常告诫我，要我把“她”当哥儿们，我说是的，我没有把她当娘儿们，只当男的。随着接触的增多，每次见面她都大哥前大哥后地喊我。但“虎妈”身上还是很有女人味的，她知道我喜欢喝点酒，就端起酒杯说：“不好意思，我不会喝，但我陪陪你……”她先拿酒瓶帮我斟酒，刚开始我不好意思，说我自己来，时间长了、久了，我很享受便由她去，并告诉她，这感觉蛮好的。她也坐在离我很近的地方，静静地听我把话讲完，不停斟满酒杯，如果不知道不了解的人看，还以为这肯定是一对相爱相守很多年的老夫老妻，哈哈哈。“先把自己搞醉，别人才有机会。”哈哈哈，我告诉她，你让我产生了幻觉，我朋友开玩笑也这样说。

有句话好像是这样说的：“上帝帮你打开这一扇门，必然会关上另一扇门。”章洁应该是这样的，婚姻不幸福，听朋友说曾经处过一个老外，没多久分手了，现在可以说她已经很成功了，女儿考上很好的大学，父母也接到自己身边，事业蒸蒸日上。我常常告诫她，应该给自己一个休息时间，去度度假，把父母带去旅行旅行，旅行社请几个年轻的帅哥美女，你电话遥控遥控，她点头答应。她经常告诉我，现在她虽说是持美国护照的美国人，但她心里感觉不到。可以理解为，像她这样生长在一个传统中国人家庭，长期和父母生活在一起，父母言传身教，中国文化根深蒂固。西方文化和中国文化应该相互尊重，相互理解，才能和平、和谐，反之就是冲突和战争。也就是说像她这样移民很多年，还是认为中国是自己的家，是自己的根。这么多年她一直没回中国过，我叫她回中国走走，说不定会碰上一个喜欢的男人，并且还要告诉这个男人——爱她首先要爱她的家人，不然的话都不要爱。她听完哈哈大笑。

虎妈章洁作为一个女人，是强大的、成功的，但作为一位女性，没有自己相爱的人也是很遗憾的。房子我们都爱，就像我们现在人都爱钱，但千万不要成为它们的“奴隶”。因为我们是人，是有思想追求的，是世界上一切事物的主宰和主人。

2016年7月书于武汉

边 缘 人

1

第一次听到英文“昆”这个女人的名字，是来美国第二年的圣诞节。我做东邀请一些武汉老乡及我在美国的朋友家人，在著名的酒店 MGM 聚会，共度西方人的节日，像过中国人的农历新年——春节。其中有人带来一位 13 岁小女孩，胖胖的，黄也不黄，白也不白，有一点点黑。有人说怕我女儿觉得不好玩专门找来陪她的。“哦，谢谢，这是谁的女儿?”其中一个老乡说：“这是昆的女儿。”“昆，不认识。”小女孩不吭声，我问：“你妈妈怎么没来?”她眼睛直直地看着我，也不吭声。以后我便记住了，在朋友中有一个叫昆的女人，圣诞节没来，她小女儿来了。

华人在美国，人口不算多，留在美国有身份的，总共约 450 万。我说的是能讲中文懂中文的，主要集中在西部，洛杉矶就有 120 万华人，戏称为“罗省”，意思是相当于中国一个省。在国外只要一听到有人讲普通话，顿时有一种亲切感。如果有人属于同省、同市就更亲切。也成立了很多同乡联谊会，比如“北京同乡会”“上海同乡会”“广东潮汕同乡会”，洛杉矶还有什么“清华大学同学会”

“北京大学同学会”。主要是大家在一起互助、取暖。大家平时为生活忙碌，节假日在一起聚聚，吃个饭，也交流交流一些情况。其中台湾人、潮汕人最团结最优秀，再后来也去了很多东北人。

2

在地球的另一边，万里之外的异国他乡，和自己出生地越近的华人就感觉越亲切，可能是文化风俗、生活习性相近，还有相同语言——地方话。我记得第一次到洛杉矶，碰见一个武汉老乡，她惊奇地告诉我，这里有汤包、热干面，喜爱之情溢于言表。在拉斯维加斯也碰见过一个武汉的，她说终于可以说武汉话了，蛮地道的，是硚口口音。我出生地不是武汉，但我在武汉生活近 30 年，话不地道但也还行，以自己是武汉人为荣。因为如果我告诉别人我的出生地，别人会露出不知道的表情。城市大影响也大，也会以最快速度拉近人与人之间的距离，尽快找到共同的话题。

刚刚来美国，小孩初选洛杉矶生活、学习。但洛杉矶大、乱、堵车严重，城市空心化，晚上大量骚乱分子聚集在城市中心，走到那地方都有点恐惧感，这是美国社会一个无法解决的大问题。旅行到拉斯维加斯，虽说是娱乐之都，但还像个城市。每天把孩子送到学校后，没事就来到一个离家近的赌场，小赌怡情，有点像在中国打麻将。带上两三千美元，看准后投一百两百的。有时候就会和朋友在酒吧喝酒聊聊天。这天刚刚和朋友在吧台坐下，过来一个华裔美女，个子高高的，戴着一副黑框眼镜，应该是近视，斯斯文文的。她过来和我朋友打招呼，他们应该很熟。朋友介绍这是从中国来的朋友，叫昆，从夏威夷过来。昆，好熟悉的名字，哦，我记起来了，那个参加我们圣诞节聚会的 13 岁小女孩的妈妈。我也很高兴地告诉她，我叫范，刚刚从中国过来不久。英文名也是我姓的拼音，Fan 范。Fan 的英文意思是“风扇”。我一说他们哈哈大笑起来，气氛顿时活跃起来。朋友趁她不注意，在我耳边偷偷告诉我，她可以上……“什么?”我小声问道。他们理解的“上”是这女的可以和任何人“上床”“约炮”“做爱”……我问：“她是做鸡吗?”中国人将做皮肉生意的女人称为“鸡”，很贬低的意思，西方人称为“妓女”。朋友一脸正经，很严肃地告诉我：“拜托不要说得那么难听好不好，在美国，这是职业，任何职业都要受到尊重。”我只能无语了。

3

缤纷多彩的世界，我心依旧；五光十色的国度，心如磐石。在这一波又一波的移民潮中，人们都在改变，有的在上升，在上进，有正能量，如刚刚上任的美国交通部长赵小兰女士，她的家庭被评为华裔美国第一家庭。原美国驻华大使、民主党人士骆家辉先生说：“在通往白宫的这条路上，整整用了两代人的时间!”还有很多华人市长，也有很多在美国的华人，他们在变，变得有时好像不认识他们，为了完成一个小小心愿，我接触了这批懂英文讲英文的华人，从开始好奇、敬佩到最后有点失望。

他们有的人让我感觉到，华裔不像华裔，白人不像白人，很多思想行为让人不得其解，匪夷所思。因为他们身上的中华民族的优良传统丢失了，相待不真诚，往来不礼尚。回国后，国人对他们充满好奇和尊重，呼朋唤友，大摆宴席，以与他们为友为荣，可你到美国后他们按西方人的礼数来对你。陪你出来是误时间，因为他们要工作。有时候我问朋友，举例告诉他，请他解释给我听，他也只能苦笑一声。更可恶的是，老移民欺负新移民，但也有很多像昆这样的边缘人，不损人利己，只能靠自己养活自己，养活孩子。

4

回国，上午打理完后，午饭后来到喜欢的茶馆。沉下心来回忆起在脑海中酝酿很久的小故事。红茶的暖，茶香贯穿全身，杰奎琳、杜雷斯的大提琴曲《殇》弥漫空中，悲伤无边的音乐引我走进昆的人生故事。是的，在美国的任何人任何事，都要受到尊重，老人、小孩、残疾人，包括人类的朋友小狗。在中国红遍大江南北的本山大叔，表演小品讽刺残疾人受到别人的攻击。当然这是一个有很多问题的国家，但这国家也有很多事情让人尊敬、赞美、怀念，

也是全世界很多人都想移民的国家。民主、自由、人权、法律，让人充分享受人的尊严，让人都有尊严地活着。

自从上次昆认识我后，我们也成了熟人，见面打招呼点头一笑。昆爱赌，赌场中有一种游戏叫“百家乐”，中国人特别喜欢，几个桌子上几乎全部是华人。朋友告诉我“昆在这里输了不少钱。我惊奇地问：“输了多少？”“应该有上百万美元。”我又一次睁大眼睛，惊讶得嘴巴半天合不上。我的天，在美国有上百万美元可以让生活过得蛮舒服，蛮开心的。“她哪来这么多钱？”我问道。“她从夏威夷过来旅游，迷上了百家乐，最后把夏威夷的酒吧都输掉了。”朋友告诉我。她让我想进一步地了解，这女人身上肯定有很多很多故事，生活中也是大起大落，肯定经历过很多磨难和痛苦。

我观察她，每次碰见都问问：“今天怎么样?”“又输了。”再一次碰见又问：“今天又怎么样?”“赢了2000美元。”“哦，不错，祝贺发财。走啊，回去明天再来，赌场永远在。”但是最后她把赢的钱输了又把本金输光，没钱下了也没有人借了，才沮丧回家。曾经也找我借过500美元，我想她不会还我了，过了几个月她突然拿钱给我说：“还你钱，谢谢。”我们相视一笑。朋友告诉我，这赌场有两个人是无可救药的，第一个是叫丽丽的女人，输了上百万美元，把老公的钱也输了上百万美元，最后孩子和丈夫跑了。第二个就是昆。

5

好久没见到昆了，朋友说她肯定没钱了，只要有，肯定在赌场。美国，赌场遍地，除夏威夷州和犹他州等几个州外，几乎都有。主要集中在印第安人地区。当然华人是主要角色，特别是改革开放后，一部分中国人有点钱了就大赌特赌。曾经见到过一个广东人，年龄在40岁上下，一手20万美元，让人胆战心惊。有一个华裔发牌人告诉我，她曾经为一个中国人发牌，一手60万美元。所以每年到中国人过农历新年时，赌场会拉出中文广告，中国文化节层出不穷。好吃好喝好玩，其实就是叫你去输钱。赌场有一种卡，朋友说你那种不是最高级的，最高级最顶级的一种是“紫色的”。我没见过，我是蓝色的。紫色的享受高级服务，不用排队，订房订票订位一切优先。曾经招待过从洛杉矶来的一对武汉母女，需要一个包房好聊天，迎宾说有“紫色”卡才可以。朋友说你等等，跑去把昆的“紫色”卡借来用用。这是我第一次见到“紫色”卡的力量。

积分应该在600万分以上。当然，代价也是输钱换来的。昆只是他们中的一员，很多中国人一生为赌场打工，没房没老婆没孩子，有老婆也离婚了。曾经碰到一个湖北石首人老王，打工辛辛苦苦挣了30万美元，全部给了赌场。

美国社会是多元的、自由的，但把控不住自己，会付出很大代价。这些社会都不管，因为有规则，有警告，有法律，一切自作自受。只有拿着“紫色”卡，一切优先的时候，才感觉换来了一丝“尊重”。但这是输钱换来的。如果这钱用在自己身上、孩子身上、家人身上，我想这感觉会更好、更妙、更享受。

6

11月的戈壁沙漠滩，不是有丝丝的凉意，而是有点冷。我记得刚刚到拉斯维加斯时，刚好是最热时期，7、8、9月，骄阳似火，烈日炎炎。朋友告诉我，要多喝水，买一种润身油擦身。时间久后人适应了，我和小女都有严重鼻炎，如今竟神奇地好了。朋友告诉我，只要到冬季，大量东部老年人来到拉斯维加斯度假，可治疗严重的关节炎、风湿性慢性疾病。是的，在美国去过旧金山，也去过西雅图，一年365天，三分之二的时间都在下雨，阴天。拉斯维加斯在变冷，在变绿。住久了，你会发现两小时车程外有终年不化的雪山，有著名的胡佛大坝，还有很大的湖泊。这城市在转型，以前是世界上最大的娱乐之都，后改为中老年人度假之都，现在又改为体育比赛之城，要建20多个体育场，建成世界会展中心，著名科技展“CES”两次在拉斯维加斯召开，一个接一个的展会在拉斯维加斯举办。免税后大量互联网物流企业、汽车企业、高科技产品企业在这聚集。在全球经济下行的趋势下，它在上升。

昆的人生经历现在我只能是道听途说，我更想知道的是：她能不能亲口讲述给我听？我能不能把她的故事写出来？她是否愿意配合？拿起电话打到老乡手机上，告诉她我的想法和请求，想请昆吃个饭，就我们两人。我知道昆缺钱，愿意付出1000美元给她。半小时后接到电话，她同意。

7

时间选择在一个周末晚上，地点在一个最好的喷泉餐厅。去过拉斯维加斯的人都会知道，在拉斯维加斯大道上有个酒店门前有一个大的音乐喷泉，每年吸引了大量游客访问，酒店里鲜花布满，世界最顶级的奢侈品牌店一间连一间。

昆准时到达，看得出来经过精心打扮。身着一套连衣裙，高挑身材更显她的秀美，深深的眼睛衬出她的智慧。如果不了解她，你不会联想到她的落魄与无奈。"小孩安排好了吗？"我问道。"是的，安排妥当了才出门。"她淡淡地笑着说："好久没来这餐厅吃饭了。""你以前来过？""来过，柔和的音乐，澎湃的喷泉，身着晚礼服的男女，彬彬有礼的服务生，给人留下深刻印象。"我们点好菜，叫上一瓶17年历史的法国红酒。"这酒很贵吧？"她问道。"嗯，360美元，我不知道美国人怎样看，目前在中国算价格很好的，国内更贵，不知是真的还是假的。"闲聊半天我告诉她我的想法和请求："想听听你在美国奋斗的故事，一定经历过很精彩的人生。""也没什么，来美国快20年，除了有本美国护照外，一无所有。"我说："有一个女儿，还有一张紫颜色的卡。"这让她哈哈大笑了起来。她来自浙江宁波，18 岁留学美国关岛。在关岛认识一个美国黑人大兵，是个大学生大兵，狂热地追求她，最后有了这个女儿。怪不得她女儿不黑不白也不黄，有点像印度人的皮肤，但她像中国人。突然有一天大兵失踪了，她只有把女儿送回中国让她姐姐抚养，她留下继续打工赚钱，从关岛再到夏威夷，和朋友开了一家酒吧，生意蛮好的。每月寄钱回家给姐姐抚养女儿。"那大兵呢？""他跑了，失踪了。"她说道。"现在联系上了，还在部队，在纽约，当上军官，想来拉斯维加斯看看女儿，或者叫我们到纽约去。""这么多年，女儿都 13 岁了。"我说，"那你去吗？和他见面吗？""在考虑。""我现在有个男朋友，对我很好对女儿也好。工资一万多美元，但长年在外搞工程，是个工程师，帮我买房也买了车。"我说："很好啊！这个结局很好，只要不乱赌，生活应该会过得很好很好。"

昆严格讲不是一个健谈的人，基本是我问一句她答一句。但我内心想，这女人有好报，结局应该很好，关键是她能不能控制自己。管好自己，有一点点责任心，人生就会很完美。人生中有的人起点很好，但结局不好；有的人起点不高，但经过奋斗努力，结局也好。有人历经磨难曲折但最后醒悟，看穿看透，把握自己，掌握命运，结局也很好。像昆就是这一种。这小故事接近尾声时，我觉得自己命的题目“边缘人”有点文不对题。想来想去，应该更改过来叫“紫颜色的卡”。

2016 年 12 月 12 日书于武汉

铿锵玫瑰

1

手机短信留下一段文字：“我 20 号到武汉，待到月底，你在吗？——美国洛杉矶，Katherine Li。”

下雨的日子里，每次来到小小咖啡馆，心绪便安宁许多，邻窗而坐，好像找到了居家的感觉。外面喧闹繁华，熟悉的街景，旧的门窗，来来往往、川流不息的人群，我心独处。不知什么原因，好多小文章都在这里而作。也许是咖啡因诱发，也许是我对这地方情有独钟，任凭思绪源源不断地流向窗外。

Katherine Li 是通过朋友介绍认识的，虽然没有见过面，但我们微信联系两年有余。她现在定居在美国西海岸最大的城市——洛杉矶。洛杉矶是美国华人最多的一个城市，有 120 万人之多，他们会讲普通话。其实最早踏入这片土地的是早期清朝派出的幼儿留学生和中国劳工，也是从西部第二大城市——旧金山过去的；第二批是打工求学的中国人；第三批就是他们这批 20 世纪 70 年代生的人去读硕士、博士，最后结婚定居美国，留在美国，成为美国公民。我要讲的、写的就是这批 70 年代生的人的事，由女孩变成美国女人的成长故事。

2

以前我到美国，第一站首先选择洛杉矶，因为英文不太好，那地方不用英文就能生活、工作，就好像到了中国某南方城市一样，基本上很熟悉，认识了很多男女朋友。近几年由于小孩上学变换城市，现在每次从韩国仁川机场直接转到另外一个市——内华达州的一个城市，离洛杉矶也就6个小时车程，700公里左右。最近一次到洛杉矶考美国驾照，因为全美用中文考的只有洛杉矶。考完了以后，约见了湖北武汉女孩——Ktherine Li。对于我的到来，她很高兴，并告诉我，她在圣盖博——洛杉矶周围的一个小城市，开了一家武汉餐厅，有汤包还有热干面。我说："好呀，只要你喜欢！"

近几年由于小孩在美国求学，我经常往返美国，有时一待也是很长时间。近距离接触了很多中国女孩，在聊天中被她们的故事深深打动，同时也想把她们的故事汇集成册——《绿卡梦》，分享她们在美国奋斗拼搏的人生故事。

Katherine Li便是我想找、我想写的女孩，因为以前写过一个西北女孩的故事，作为湖北人特别想找一位湖北女孩、武汉女孩。如果按老的传统观念随父姓的话，Katherine Li的祖籍应该是四川成都。按照现代观念，她的出生地应该是武汉，父母大学毕业后就分配到武汉某地质勘探院，然后生下了她。她喜欢湖北菜，也会讲一口流利的武汉话。初中高中就读于武汉一中，那时一中是武汉最好的学校之一，现在也是。上次在洛杉矶，我时间比较紧，吃一次饭后，便赶时间走了，没有时间多聊。我在微信里说下次到美国准备和她多聊聊，多接触、了解她，顺便也想带上她，去美国最有名的红酒圣地——纳帕谷，买一些好的红酒。没想到美国发生了一次地震，整个纳帕谷损坏严重，也中断了这一次的行程。也许她在美国的朋友之中只有我这么一个好奇的男人——什么都想问。在武汉，我们两天的相处中，她都很紧张地问："你是不是想了解我或是写我?"我撒谎说没有，只是好奇，按西方人的观念，打探别人的私生活是不礼貌的，没有教养的。只有真心交朋友才能换来真心倾诉的朋友，我也谈我的一些家庭琐事、人生事业……

3

Katherine Li 还是比较健谈的一个人，一个很真实的人。人与人之间、男人与女人之间，如果有充分的信任感，都会敞开心扉分享人生。她告诉我："当年从华师一附中毕业后考上了四川大学，大学毕业后又考上了一所美国大学读研。"工作、结婚在美 20 年，人生中最靓丽的最美好的青春，全部贡献给了美国。美好的年华都在美度过。我也开玩笑笑她，因为她中文都不太流利了，她笑着说："我现在开始补习中文。"是的，在美生活 20 年，又找了一位美国白人先生，基本上很少与华人交往，圈子很小，中文不流利很正常。她先生及家人全部生活在好莱坞，从事电影制作，写了不少电影剧本也没有拍出一部很有影响力的电影，但他们乐此不疲。她说："被他们这种职业精神感动，不在乎结果，只在乎奋斗拼搏的过程。"15 年的婚姻，两人相约不要小孩，完全靠两人的爱情维持，尊重彼此，两人享受独立的空间，我由衷地说："真不容易也真不简单。"因为美国是一个开放的社会，长时间的婚姻太难坚守，并且还是跨国婚姻。她在说这些的时候，眼中浮现出幸福的泪光，看来她被这个美国帅哥深深地打动，他们真心相爱，祝福他们。我很好奇，冒昧地又问了一句："这难道是你的第一次恋爱、第一次婚姻吗？"——不语，沉默好久。"婚姻是第一次，但是恋爱不是第一次。"我点上一支烟，静静地看着她，希望从中能读懂她将要讲出的话。我们陷入沉默很久……

这顿饭我安排的是新天地地道的"战国策"四川火锅，她说很喜欢这里，一个很小资的地方。从 12 点吃到下午 3 点，整个餐厅除了服务员就剩下我们两个人。安静，也许她在想，是讲？还是不讲？是谈？还是不谈？也许她还沉浸在她的回忆中，想到了很多人和事，也许想到了她的初恋，她的第一个男朋友，她的第一个男人。她长舒一口气，双眼紧紧地盯着桌面、酒杯。

在一中的时候，在学校的学生委员会里她爱上了高她三年级的学长，少女的情怀，春心荡漾，一直默默地埋藏在心底，最后学长考上了某大学，她考上了四川大学。这时候他们才真正地恋爱起来，鸿雁传书，电话传情。学长大学毕业后，又想去美国留学，她也想去美国留学，但让她没有想到的是，学长两次签证被拒，而她一次通过。我问她为什么，她说不知道。最后学长到英国读研，一年后毕业回国，现任职于某大学做系主任。"最后呢？"我问，她说："这只能说是命运安排，我们有缘而无分。"我问："你们还在联系吗，还见面吗？"她说："以前还有联系也见过面，也成功帮助广东某大学首批 MBA 到美国军校参观学习，这是中国人的首次。再美好的感情也有痛苦、波折，再甜蜜的初恋也有结束那一天。因为我们身处复杂变化的世界中，生活会告诉你一切，也会改变你的一切……"

4

我们的话题又转移到美国生活，她告诉我，以前她做贸易做会展，全世界跑，主要是跟政府贸促会打交道，她很会演讲，有非常好的语言能力，她谈起她自己的经历时脸上神采飞扬。她谈起了在印度、在巴基斯坦、在拉美……现在转行做房地产经纪，去年获得行业的钻石奖，我开玩笑说她是一个“美国奴”铿锵玫瑰，她笑而不语。我说我在美国时，身边总传出一些不好的华人女孩的消息，有一位台湾女性朋友，嫁给了一位美籍德国人，生了三个孩子，生活上常常起冲突，厨房里有个地方做中餐有个地方做西餐。她笑着说他们还好，他们之间没有冲突，每次当她工作上、生活上有什么事发生时，她先生总是说：“没事，我们一起面对。”她说她先生的母亲有一次惹她生气不高兴，他马上打电话叫他母亲跟她道歉。母亲错了，真的打电话跟她道歉。这就是美国文化，美国男人认为跟他生活的女人，是他一生中最珍贵最值得珍惜的女人，因为这个女人会同他共度一生。我说这在中国不可想象，会被称为大逆不道。我说：“我问一个很私密的问题，你会告诉我吗?”“你们的钱是分开用，还是一起用?”她说：“不，全部该我管理。”我听后，哈哈大笑，说：“你是一个‘控’，控制金钱、控制感情。”她也笑了起来，说：“我也管理得很好啊，自己也不错啊!”她现在基本上是一位地地道道的外国人，就是我们所说的香蕉人，外面是黄的，里面是白的。应该说她是在中国长大，在美国留学，事业、家庭成功的典范，幸福的武汉女孩。过两天她就要回四川成都，月底会回美国。她告诉我，我到美国一定要打电话给她。也许她还没有说完要告诉我的东西，和她精彩的人生故事。祝福她，铿锵玫瑰——K 李！一路走好！

听到一个中国女孩、华人女人幸福的生活史时，我也很久地沉浸在其中，这几天来，不管是上班还是下班，喝咖啡更多的是在家里，总是时时在回味、回想如何讲这个故事、写这篇文章。沉浸其中，走不出来，但我很享受很快乐，也希望这篇文章给大家带来享受与快乐。为这篇文章找音乐花了很长时间，最后找到一首叫《神秘园》的音乐，以此来结束这个故事吧！

神　秘　园

夜是黑的神秘
我在失却之路
看不清好模糊
没你会迷路
紧握着你给的
曾从你指尖滑落的指环
在闪烁
光
指引着注定遥远的征途
驱走所有阻挡我的黑雾
每一段值得庆典的景物
都一动不动
像是等待着被歌颂
古老的神秘园

我轻轻地弹着
那一首古老的歌调
在我的神秘园里
只有你的歌声
符合我记忆的残片
我唱着神秘园
想最光荣的前言
解咒我对你的依赖
古老的神秘园
我轻轻地弹着

美国男人

1

杰夫是我在美国认识、接触到的第一个美国男人。他经常说的口头语是：我们是一家人！这句话让我开心、舒心，我都不知道他从哪儿学来的这句话。我认识、理解、知道的美国男人，一定是纯种白人，因为世界第一超级大国是他们建立的。从华盛顿先生到伟大的林肯总统，再到二战期间给予中国人很多帮助与支持的罗斯福总统，还有里根、克林顿、老布什和小布什，到第一个非裔美国总统奥巴马。这就是我通过书本、平面媒体所认识、了解的美国男人。其实真正近距离接触、了解白种美国人是第一次，因为他是我在美国认识的好朋友——一个西安女人杨老师的先生。由于这种关系，第一个美国男人走进了我的生活。

杨老师在大学教书，有很多次她总是叫我见见杰夫。说实话，我对美国男人没什么好感，他们自大、傲慢，认为纯白种人至上，认为这世界是由他们在统治，他们嘴上虽然不会说，但他们心里潜意识里肯定有。因为美国法律中的种族歧视罪是很严重的罪，最高可判入狱七年，是大罪。有一天在杨老师的办公室，来了一个打着

领带修门锁的人，杨老师忙完好久后介绍说，这是杰夫，就这样我们算见面认识了。杰夫来自别的州，当过兵，上过大学，有一次失败的婚姻，现在供职于一家保险公司，工资只能刚刚养活自己，但还有几天过不去，自己挣钱买一间房子对于杰夫来说是比登月还难。因为杰夫过着纯美国人的生活——过好生命中的每一天。在书上看到的美国人的婚姻观、世界观，在杰夫身上全部得以展现——为了今天和女朋友约会，庆祝她的生日，借钱也要买上一朵鲜花送上，并且坚持上车下车帮女士开车门，吃饭帮女士宽衣……纯绅士的行为。

2

当东方女孩遇到西方男人这种浪漫礼遇时，初时一定会感动得流泪，时间久了，东方女人肯定会说，要年年天天地过，要过细水长流的日子。东西方文化冲突出现了。杰夫人很好，帮助我们不少，每当我回中国时他都会说："希望你快去快回，因为这里是你的家。"我哈哈大笑，也不知道他是怎么理解的，怎么想的，但我很开心。他为人讲礼貌，讲话声音很小，有君子风度，人品很好。他不抽烟，酒也是在我去美国后陪我喝点。每当我回国后，他都问杨老师："范什么时候回？"他很盼我快过去。我对杨老师开玩笑地调侃说："杰夫喝酒上瘾了，下次我回美国后你搬出去住，我和杰夫一起住。"

是的，我和杰夫成了很好的朋友，但我们也有分歧冲突。有一次酒后闲聊，谈到政治，谈到了中国，杰夫说他现在在研究中国，我请他谈谈，作为一个普通美国人对中国的看法。他说他关注中国民主人权。我说谢谢他，我对他说，欢迎随时到中国走走看看，关于人权，你们不要过多干涉，你们美国也有辛普森事件——当时美国一个很有名的黑人球星杀白人妻子的事件。关于人权自由，我说你看我很自由，来来往往美国，全世界到处游……最后不知道他是理解了还是想通了，以后再没谈起了。

确实，杰夫是一个很优秀的美国白种男人，当然也有很多坏的美国男人，耳边总听到不好的华人女人事件，但其中真实情况我也不太清楚，也许是东西方文化在人类中的冲突吧。但我理解真正的一点，只要男人、女人受过高等教育，具有一定文化修养，不管是东方女人还是西方男人都一定会生活得很好，很幸福。祝愿杨老师和杰夫永远幸福地生活下去！也祝福杰夫工作顺利、身体健康、生活开心！因为我们是一家人！

2014 年 2 月书于拉斯维加斯

婚姻是一场戏

1

身在美国的乔治和妻子始终隔着距离，无论他们各自表演得如何，这种婚姻始终只是一场戏，然而直到乔治在美国遇到她……1998 年 10 月 10 日是乔治和梅结婚的日子，准确地说是拿结婚证的时间。没有婚礼，没有宴席，也没有人来祝贺，只是梅不知从哪儿弄来结婚证并告诉乔治，“我们结婚了，现在是夫妻了”。机场广播传来声音，从武汉到美国的飞机马上要起飞了。女儿 13 岁时乔治就设计了她的人生，安排她到美国最好的私立学校接受教育，让她努力上美国好的大学，并且告诉她希望她能在他们家光宗耀祖，梅也说争取在他们家祖坟上冒一股青烟。在她们踏上飞机那一刻，乔治如释重负，长长地嘘出一口气。

2

“咔嚓”，一阵照相机的快门声响起，不早不晚刚好把这一幕拍下来。这天是乔治大女儿的结婚日。梅和乔治的小女儿特意从美国赶回来参加这场婚礼，完后马上赶回美国。乔治曾劝她路太远、时间紧张，他会张罗好，但她执意要来。拍下的是婚礼上他们夫妻二人敬酒的相片。“两位老总真是恩爱，让我们这些年轻人羡慕不已。”拍照的是公司广播部的小喻，刚刚新来的大学生。在和梅结婚之前乔治曾经有过一段失败的婚姻，大女儿是乔治和前妻生下来的，但是很多人不知道，以为她就是乔治和梅的女儿。梅比乔治前妻还大几岁，基本和乔治同年，熟悉的朋友们总是戏称跑了一个小的来了一个大的。俗话说“女大三，抱金砖”。在公司一向严谨的梅，这时候给了小喻一个很温和的微笑。婚礼在热闹中进行，整座商场八楼宴会厅 100 张桌子座无虚席，高朋满座。婚礼中除他们女儿外他们成了主角，满场敬酒，朋友、同学们的祝贺声此起彼伏，还有没见过这种场面的人说这是他见过最有气派的婚礼。掌声潮水般地如期而至。“笑一笑，这么多人看着我们。”梅推了乔治一把，把乔治从茫然的状态中拽了回来。他们二人心里清楚，这场戏一定要演下去，还要演好、演精彩。

3

其实，乔治和梅的感情已经开始破裂，戏只是为了演给别人看，演给公司员工看。乔治和梅并非天生会演戏，特别是像乔治这种耿直、脾气暴躁、缺乏一定修养的人，谁不想拥有真实而完美的婚姻？也不知道从什么时候开始发生变化的，他们公司越来越大，员工从几人到几十人再到最高峰时大几千人，车子越来越好、越来越多，房子换得越来越大，这公司开发的商业地产就他们俩持有，他们越来越有钱。在别的企业遇到困难缺钱时他们是被银行追着求贷的，他们资产丰厚，不欠国家一分钱也不欠私人一个子儿，请专业税务所办理公司税务。可他们夫妻之间的距离却越来越远……

4

还是老习惯，周日就会来到街角的一家小小咖啡馆，按老套路，老板先泡一杯茶，等两分钟后再递上一杯现磨的巴西咖啡。插上耳机，来一段最近喜欢的音乐《冷山》。房子小，人多但温馨，空调暖气开着有点热。好的是临窗而坐，推开窗户，顿时一股清新的空气进入，心情也好起来。在美国的日子里，喝咖啡成了我的习惯。今天提起笔写这些琐事、破事，其实现在回忆起来，这段婚姻就注定了没有好的结局。细细回想从开始那一天就埋下了伏笔，因为刚刚开始一段自认为情投意合、白头到老的婚姻，乔治就被妻子的出轨、金钱至上打败。这从尊严、感情上深深挫败了乔治，打击了乔治。乔治决心要奋斗成一个有钱人，基本上在脑海中没有婚姻这词。

5

是的，人生有时候错位，当梅一直在找终身伴侣结婚时，乔治刚好从婚姻阵痛中走出来，乔治需要的是伴侣、能帮他的人，不想要婚姻。随后生活中梅每每提到这事，觉得很沮丧，自己一人去办证，没有婚礼也没有婚照，即使有小小的 30 平方米房间也没地方挂婚照。自然而然地搬到了乔治那间下雨就漏水的 30 平方米的地下室。创业之初，整个公司就他们两人，合用一张办公桌，合吃一盒饭，骑着自行车到处跑业务。钱、钱、钱，乔治需要的是钱。那时的他们年轻而脆弱，两人会为接一笔大业务而高兴地流泪，也会为被人骗了区区一千美元货款而捶胸顿足。在他们资产接近一千万的那段日子，为了做得更大，他们买酒厂，做煤炭生意。他们计划让公司上市，乔治负责全公司的运作，梅负责全公司的财务包括银行、工商、税务系统的沟通、管理和接洽。不得不说，他们在工作上的确配合得天衣无缝。梅回来时乔治不在家，乔治回来时梅已经睡着，除了公事、开会，他们整天可以不说一句话。后来梅说要个孩子吧，其实梅以前提过，乔治告诉她这 30 平方米的地下室怎么要孩子养孩子，加上乔治本身有一女，想等以后换个大房子再考虑。可现在房子换大了梅又重提，乔治才想到他们好久没有同房过了。工作和生活的压力让人不堪重负，可以改变人的正常生活。

6

房子换了，变大了，从原来的 30 平方米面积换到 260 平方米的别墅房，上下三层。主卧、客卧、客厅应有尽有。这是为招商引资照顾台湾人、香港人而同意修建的别墅群，里面主要是住着这种人，还有少量的外国人。中国早期改革开放时主要是他们带资进来，他们刚刚起步，衣着光鲜，受过良好的教育，每天脸上带着微笑，也许还沉浸在昨天的“夜生活”的回味中，这也是乔治向往的生活。

“我们现在可以要个小孩吧?”梅每天提醒乔治。在一个不经意的下午，他们推掉所有工作应酬，在一起好好地吃了个饭。梅的饭菜烧得不错，也许这么多年梅知道乔治的口味偏好，所以菜都是乔治爱吃的，梅也能喝点酒，只是喝多了爱发酒疯。乔治坦率地告诉梅：“我不爱你，如果有小孩我也不会喜欢的。”梅大声痛哭，怪乔治为什么不早点告诉她，乔治告诉过梅他们只适合做工作伙伴，而不适合做夫妻。最后梅还是希望有个孩子，等小孩大了就离开乔治，应该说什么才好呢，乔治茫然无助。不能怪梅，乔治只能恨自己，一切都是自己的错。因为他们需要事业、需要工作、需要亮丽的人生。他们是这座城市里有名的、配合得好的夫妻档，很多人羡慕他们的财富、名气，也没有多的困扰。2000 年他们有了一个孩子，是个小女孩，也就是现在站在乔治旁边萌萌的、带着小耳机、已长到 1.69 米高的小女孩。乔治爱她，但还是不爱梅，也许梅很爱乔治，也可能她更爱她的家人。这一年他们的财富超过上亿美元，也是这一年，乔治有了人生中的第一个“情人”——慧。

7

谁规定谁一定要爱谁？谁规定谁一定要白头到老？情感可以选择，但事业不行。乔治和梅冷静地讨论了很多方案，但结果都不好。曾经乔治也想放弃事业拿钱走人，但无法对公司员工和亲人负责。梅她们家兄弟姐妹有四个，乔治他们家有五个，在改革开放年代全部下岗，按西方人的观点是“失业”。每年春节聚一起时他们发出感叹，两家两个最优秀的人结合在一起。可他们心里在滴血，生活、人生好些事都由不得自己。他们什么都不想说，就好像这事没有发生过，继续演戏扮演角色。还是早出晚归，乔治负责协调政府关系，决定项目战略方针，梅负责银行业务、房屋销售。他们无法对婚姻负责，但必须面对身边一父所生、一母所养的兄弟姐妹，还要对跟随很多年的员工负责。

公司在扩大，也在增加酒的销售网点，分公司来了很多人，都是一些大学刚刚毕业的年轻人。办公室有人告诉乔治，公司办公室招了一名美女并递上简历，她会唱歌会跳舞还会主持活动晚会之类的事，乔治看了一眼同意并叫办公室通知她来上班。可过了好久她也没来，乔治安排公司继续招。一星期后接到一个电话，是公司通知录取而没有来上班的慧打来电话，乔治问为什么，她说对不起，想当面道歉并告诉乔治原因，乔治同意了，他也想见见这位神秘的员工。事也不凑巧，乔治很忙基本没有时间，她打电话时乔治在开会，又打时乔治在谈事，再打时乔治在吃饭应酬。有一次乔治饭后有个应酬，在当时最有名的娱乐城看表演。这里是最有影响力的娱乐城，刚好是一个乔治的同乡歌星承包的，他当时红极一时，乔治也经常去捧场。

慧同意进来时晚会刚开始，是在演奏交谊舞中的慢三步曲子，灯光很暗，乔治看见两个人影，便招呼她们坐在自己所在的包间，记得当时是招待银行一大帮人，什么也看不清。她告诉乔治和她一起来的是她表姐。从她坐在乔治旁边开始乔治就感受到一股年轻女性的朝气，身上透出一股淡淡雅香，应该是一种乔治没闻过的很高级的香水味。乔治请她下舞池跳舞，她告诉乔治她有 1.68 米。在一阵悠扬的慢三步舞曲中乔治感觉到她很会跳舞并受过专业训练，身体不紧不松，步子不快不慢，只要给出信号她就能马上做出反应。慢慢地乔治抱紧了她，她也没反对，而是紧紧贴着，沉浸在美妙的音乐当中。灯亮了，乔治和朋友们回到座位上，乔治这才扭头去看看这位神秘员工。她很淡定，眼睛直直看着前方，乔治知道她肯定知道他在看她打量她，稍后她微微一笑。是的，她很漂亮，本人比照片更好看。朋友们的眼睛也都转向乔治，问这是从哪里请来的一位美女，乔治不知如何解释，如何回答，只能如实告诉他们是公司刚刚招的员工。两姐妹坐了一下，慧告诉乔治她今天是来道歉的。今天人多不方便讲，等他闲下来后她单独告诉乔治并告辞，乔治同意了。

8

回来后，我每天早上去公司打理，然后回家吃饭洗个热水澡。在一阵舒缓的音乐中，享受写故事的这段时光，更喜欢在手机微信上写而不用纸和笔。特别是知根知底的朋友发来鼓励赞美的话语时我大受鼓舞。感谢你们一路的陪伴让我度过很多美妙时光。我知天命的年龄也没什么顾虑，没什么忽悠，只是想把人生中最好的人和事、风和景或者别人的故事做个合成。这样的故事与人生何尝不精彩呢？光明磊落地做人，潇潇洒洒地写故事，人生一世不留任何遗憾。

乔治联系慧，但联系不上，不是关机就是通了未接。好不容易联系上，是她从异地打来的，先是一通道歉的话，最后约定在某日某时见，这让乔治又一次对这个神秘却只见过一次的美女好奇。那是个春天，他们约定在一家临湖餐厅见面，凭湖临风，春风拂面，这里最好的季节只有两季——春季、秋季。只可惜太短，一年四季，春夏秋冬分明。

慧如期而至，扎着小小马尾辫，从前额垂下来几根头发至耳际，她穿着薄薄的高领毛衣，从毛衣领上的耳边透露出白里透红的皮肤，微微凸起的胸部让乔治感觉到她的心跳。她脸上显得很平静，但从她双手不知摆在什么地方才合适，让乔治觉得她很紧张。她的情绪也影响到了乔治，为了摆脱这种见面带来的尴尬，乔治也不知讲什么，脱口而出“你好美”。可能是女孩子的天性，听见别人赞美夸奖她时顿时活跃起来。“真的吗？我美吗？我漂亮吗？”乔治说是的，并告诉她他从不随意赞美别人，只是觉得应该让他赞美的他一定不吝啬。她很礼貌地说“谢谢”。以前别人赞美她，她认为是假话，讨好她。今天乔治说的，她觉得是真心赞美，她很开心。乔治急切地问：“为什么应聘成功不来上班？”这次反而是乔治急她不急，应聘的好像是乔治而不是她。她说不好意思，她其实骗了乔治，她有工作，在一家航空公司上班，是一名空姐。今年刚刚23岁，飞国际航线。乔治打电话时她要么关机要么是在飞机上工作，那天回电话是在异国打过来的，她也在留意乔治的电话。天呐，从见面时起乔治就从她的举手投足间感受到她应该受到过良好训练，谈吐得体大方。乔治好奇地问："既然有工作并且是很多女孩子梦想的公司，那为什么还来应聘?"她笑笑说："大学毕业后就做空姐，现在主要是应聘一下看自己能不能聘上，为日后退下来工作做准备。"乔治心里明白她在找理由，但乔治也为这理由暗暗高兴。他们第一次聊天聊得很开心，也让乔治第一次觉得工作、生活充满了阳光。那一年乔治刚刚 38 岁。

9

她很忙，在天上飞来飞去。乔治也进入到人生冲刺阶段，收购了茅台镇一个酒厂，又投资了一个大的地产项目。建设、招商、租售，全国布局设点。梅也投入了全部精力，还是以前的分工，他们心里清楚，这是人生最大的赌局，儿女情长全部抛在脑后，没有白天也没有黑夜。现在回忆起来，过后朋友闲聊，若要重来一遍估计走不过来。唯一安慰的是那时候年轻身体棒，面对着财富的巨大诱惑。慧也只是电话联络联络，短信问候问候乔治。

过了好久，她告诉乔治，希望乔治开车去机场接她。这天乔治推掉所有工作应酬，其实男人也爱装酷，乔治精心着装，开着买来的新奔驰。机场的高速路是乔治经常走的一条路，但他今天感觉特别不同。路特别宽特别平，两旁景色特别美。慧今天也不一样，穿着职业装，拖着行李箱，就和经常在候机室见过的一大群空姐一样，觉得她们是另外一个群体，漂亮，气质高雅，女孩子中的姣姣者，引人注目。对于乔治这种从偏远地区走进大城市的人来说，有这种心理实属正常。他们在一起吃饭聊天，乔治也问一些好奇的问题，她也讲一些飞机上的奇闻怪事。时间久了乔治也问一些比较私人的问题，她也问乔治一些很私人的问题，乔治如实地告诉她：刚刚结婚不久，有一个不到两岁的小女儿。她好像对乔治的情况有些了解，乔治从哪里来，做什么，乔治的夫人是谁，她好像都清楚。乔治问她怎么知道，她笑而不答，说以后告诉乔治，这又让乔治产生了好奇。慧在想什么？想干什么？

10

乔治曾经对慧说："慧，你长得很像电影里的一个人。"她反问像谁。"韩国电影《我的野蛮女友》中的全智贤。"她说是的，很多人都这么讲，她为这事还专门去看了全智贤的电影、电视剧。慧确实长得好看，其实在他的眼里也不知该如何描述——标准 1.68 米身高，健康、丰满。高高的鼻子长在一张鹅蛋形的脸上，宽宽的额头，黝黑的头发。石磨蓝牛仔裤紧紧贴在身，更加体现出她身材的美。乔治好奇地笑着问："慧，你怎么知道我的一些事，私事？"她说："不骗你了，你的司机就是我表姐的男朋友，他们经常在家聊到你，说你是一个优秀的男人，有魅力，有能力，有事业，有修养，一点点奋斗到现在，尽是赞美的话，让我产生好奇，也想见见表姐在家中聊的这个男人。""哦，我的天，原来是这样。这司机跟我很多年，从河南做煤赚得第一桶金一直到如今，那他对我的情况一清二楚。"乔治舒了一口气。这从心里更进一步地拉近了他们之间的距离，之前他们虽说不曾谋面但她对乔治也算知根知底。他们成了很要好的朋友，经常在江边散步，她也请教乔治一些做人的方法，问一些生意上的事情。乔治都如实地讲给她听，告诉她其实自己也没经历过，也是在边学习，边摸索，也请了很多专业人士帮忙。

有一天她提议："我们去看电影吧！"说实话，乔治好多年没进电影院看过电影了，工作太忙加上年龄大了，感觉电影院都是年轻男女谈情说爱的地方，都不知道里面是什么样子。乔治说："好啊，我陪你。"这里的电影院是非常有名的，院门前总是很热闹。就像刚才说的，全是一些少男少女。慧对这里很熟，并告诉乔治："现在电影院改装了，分贵宾席、情侣席。""哦。"她说："贵宾席没有了，买情侣席？"情侣包间就是两人座位，中间没隔离。电影开始，乔治困了，不知不觉地倒在她身上睡着了，实在是太累了。等灯光亮了散场了，她说："你睡着了，好沉，还有鼾声。"乔治哈哈大笑，说："对不起，太疲劳了。"她说："没事，要注意休息。"这是她第一次和一个男性近距离在一起看电影。乔治问："真的吗？你难道没有谈过朋友？"她说："没有，追的人很多很多，但都不是我想要、想嫁的人。"出了电影院，看时间还早，乔治不想回去，她也明天休息。乔治提议到一家餐厅去吃点甜点，她欣然同意。

11

今天是 2016 年 2 月 26 日上午，醒来时快 11 点，音乐还在缓缓地流淌，是电影《冷山》里的音乐，《冷山》也是我最喜欢的一部电影，它用抒情的方式诉说着人间悲欢离合。还有 20 天就要回国，现在都不知道"家"在哪儿了。在中国惦记美国，在美国想念中国。还有该办的事没办，该去的地方没去。提笔写的小文章《婚姻是一场戏》写来写去好想改题目了，叫《人生是一场戏》。不管了，自己的文章自己做主，当一回国王。今天全球 G20 峰会在上海举行，这应该是一个划时代的会议。特别是中国，不能发展太快了，要扎稳脚步，做好、落实每件小事，平稳过渡，不求大富大贵，只求平安。我们何不如此。

古老的欧式风格的建筑，还有一座是璇宫饭店，里面有西式的钢琴，演唱者着长长的拖地黑礼服，舒缓、高雅的钢琴曲环绕整座大厅。他们选择离琴不近不远的地方就坐，既不影响他们聊天也不会听不见钢琴声。叫上英式红茶，慧拿起方糖问乔治要几块。慧在航空公司工作，懂这些西式红茶、咖啡也应该是课程之一。慧今天看起来心情不错，由她主讲，讲她的同事、朋友，谈到她一个同事的男朋友，轰动全公司。乔治问为什么，她说："帅气。"乔治问："真的吗？年轻时只是听说男孩子看美女是这样的，没有想到，在美女如云的航空公司也是这样。"乔治问："帅吗？"她说："帅，但不是我想要的。”乔治问为什么，她不答。当时正流行什么电视剧《流星花园》，里面有四个帅哥，她喜欢其中一个。可惜乔治没看，也不知她喜欢的是什么人。

乔治闲聊时也顺便问起她的家人。乔治问她爸妈的身体、工作还好吧，当时很多公司在裁员。她突然沉默，头低着也不看乔治，刚才那股高兴劲一扫而光。“我和爸爸一起生活。”她说。乔治问：“妈妈呢？”“她死了，在我六岁那年。”唉，无意间问了个不该问的问题。在她很小的时候，妈妈得了尿毒症，爸爸为妈妈花光了所有钱，包括卖房子，妈妈为了他们，在医院跳楼自杀。慧开始抽泣，乔治拿着纸巾跑过去，她也顺便靠在乔治肩上，乔治在她耳边轻声说：“哦，对不起，真的很抱歉，不是有意的。”好多年间她走到那医院都不看一眼，她说：“爸爸很爱妈妈，好多年不娶，父女二人相依为命，父亲对她管教也很严。”乔治说：“是啊，要是熬过那一关，现在多好，她可能没有想到，她的女儿成了一个大美女。”“是，我那时太小不知道妈妈性格刚烈，她能舍弃这么小的女儿自杀是需要勇气的。可能是路走不下去了，也可能是为了我们父女。”唉，在人们光鲜亮丽的外表背后，总是藏着无法诉说的痛苦。乔治请求说：“今天我送你回去，万一有个什么问题，我还负不起这个责任。”突然间，这女孩加在乔治身上的责任在增加。她说：“好，很远呐，住的地方也很破很乱。”乔治开玩笑说：“很破很乱的宿舍里飞出了金凤凰。”她才破涕而笑。

12

从来不过问乔治行动的梅来到办公室，问：“这段时间忙什么？乐不思蜀。”以前都是梅问办公室的人，办公室的人会告诉她，董事长今天和谁谈，明天安排见谁。今天突然问也许是女人的第六感，空气中嗅到了什么气味。他们还是将全部精力投入工作中，这关系到他们——要不上天堂，要不下地狱。古人说“天时、地利、人和”缺一不可，还要加上一句“不懈的努力”。可就算努力，老天爷不照顾你也是枉然。他们花重金打造的项目，在政府的承诺下建设的房地产商业项目，陷入僵局。当时政府为了招商引资，发文件，开会议，让新闻媒体推荐、炒作，可市场不听市长的，最后全部处于停顿状态。这可不是开玩笑，乔治挣的钱要用于还银行贷款、施工队垫资总共上亿元，还有员工工资，他们顿时陷入困境。10 万平方米的商业，2000 个门面低价租、售，基本上一个月消灭一个。可怕的地狱之门在呼唤，那段时间乔治头发掉了，也白了不少，但他们还要演好戏，手拉手面对新闻媒体，面对欠钱的施工队，一起出席银行行长的饭局，详细讲解这项目属于政府项目工程，不会有问题，并且一起编造谎言告诉对方，有一个大的品牌马上进驻。对职工还要面不改色，露出公司很安全的微笑。从来没有真正演过戏的他们，都可以跟好莱坞的巨星演员媲美了。

他们双方都清楚进入了一条死胡同，梅恨乔治，如同乔治恨梅一样多，如同乔治无法离开梅一样沉重而无奈。爱和恨，在某一时刻会显现出它们的本源，那令人心灰意冷的真相。乔治忘记了他们是夫妻，多年的默契使他们在处理公事时更为冷静而客观，天无绝人之路，总会有好的那一天，只要国家、城市在发展，情况肯定会好转，关键是能不能熬过去迎接胜利的曙光。他们感情已不复存在，唯一维系他们的是一个不到两岁的孩子和他们在生死线上挣扎的公司。

13

慧打来电话，告诉乔治她今天休息，下午会去某个地方剪头发，问乔治有没有时间，过后一起吃饭。那个地方是当时最繁华的市中心，很多高级店铺都集中在那一带。乔治准时把车停在对面小巷里，叫司机回家休息，自己亲自驾车。半小时后乔治在车里看见慧出现，脚步急促，身后跟着两个年轻帅哥，其中一个乔治认识，是当时比较有名的一个开厂做服装的老板的儿子，他们一起在酒吧里玩过而认识，是一个典型的富二代、公子哥，高高的个子，白白净净，经常戴一副金丝眼镜。慧在车上坐定后，乔治问他们在干什么，慧说他们追着她要手机号码。慧长得这么漂亮，当然经常会有人搭讪，乔治开玩笑地说："很好啊，其中一个我认识，家里有钱，人也长得很好。"慧说看不起他们，不成熟，一天到晚只知道玩、吸毒品、追漂亮女孩子。"是这样子的。"乔治也曾经见识过，有些人基本上每晚都去酒吧，找来一群美女，吸 K 粉，吃摇头丸。

乔治笑着说："那你喜欢什么样的男孩子?"慧紧紧盯着乔治说："你是想让我讲真话还是假话?""当然是真话，谁愿意听假话，说不定我会帮你找一个男朋友。"乔治回答道。慧抓住乔治的手说："我想找一个像你这样的年龄的稳重成熟的男人。"乔治哈哈大笑，继续开玩笑调侃她，再想想她从小到大由父亲抚养大，乔治说："你有恋父情结。"她承认，说希望有个年龄大一点的男人像父亲那样爱她、疼她、包容她。乔治笑着说："好啊，如果有那一天，你爱上我，我愿意为你去死。"乔治扭头看她有什么反应，她不语，眼睛直直看着前方，她应该在思考什么。他们驾车准备到当地非常有特色的一家餐厅吃饭。那餐厅以鱼为特色，还有一些早晚茶什么的，慧也喜欢。两人陷入无语中，但乔治感觉她的头在微微靠近自己，轻轻地靠在自己肩上，他们就像一对甜蜜而温馨的情侣。乔治小声说："你休息一下，我等会儿叫你。"她听到乔治的话，闭上了长着一双长长睫毛的眼睛。

14

"你还记得你说过的话吗?"半年后有一天慧这样问乔治。"什么话?"乔治回应道。"你再想想，你当着我的面讲的话、发的誓。"慧很严肃地问道。乔治笑道："这半年讲了那么多的话，请问是哪句？什么话？大美女。"慧说："你曾经说过如果有哪一天我爱上你，你会为我做任何事甚至去死。"乔治哈哈大笑，说："我说过吗？我这样讲过吗?"乔治看着她的眼睛，脸凑上去盯着她："慧，你不会真的爱上我了吧?"她也做出怪异的表情，问："你喜欢我吗？爱我吗?"一脸茫然严肃的表情，看样子不像平时的嘻嘻哈哈开玩笑。乔治说："蛮喜欢的，哪个正常男人不喜欢美女呢？不喜欢的话那他肯定有病。""爱我吗?"慧追问道。天啦，这真是一个难题。"就是喜欢，还谈不上爱，因为没有资格去爱。"慧说："喜欢就是爱，爱就是喜欢。"慧开始有点不讲理了，这也暴露出小女生的脾气。乔治说："不是的，你以后会知道的。难道我们在一起吃吃饭、聊聊天、看看电影就是爱了吗?"乔治问道。慧回应道："我知道你们男人都会这样说，现在你只要需要，我马上给你，你是过来人，应该知道什么是女孩什么是女人，我没有谈过男朋友，更谈不上什么非分之想。"她越来越严肃，话语中透露出一种庄重之感，一种中国女孩特有的尊严。“我要给就给我一生爱的男人，托付终身的人，免得日后生活上有误解。”她继续说道，“不管别人怎么样，我就是这样！”“别，别，慧，你听我说，你是一个很优秀的女孩子，我也很喜欢你，但不能爱你，因为我有婚姻。”“你可以离婚，我可以等你处理好一切，我知道你们两个不相爱，没有感情，可以离婚。”“不可以，不能的。”乔治答道，“因为我有一个 13 岁上初一的女儿，还有一个刚刚不到 2 岁的女儿。”

婚姻可以选择，但孩子不能。西方人是两人没有爱，就应该分手，决不犹豫，他们国家的社会保障体系比中国好多了。西方文化是一切为了家庭为了孩子。曾经有个美国朋友，为了孩子和前夫生活在一起，为了爱和另外一个人在一起，还相安无事，这就是东方文化和西方文化的不同之处。现在我们也开放了不少，但我们这代人还是有点沿袭中国传统文化，这是祖宗遗留下来的。慧是一个很好很优秀的女孩，她应该有好的生活、好的家庭、好的未来。乔治知道在他们的交往中他发出了错误的信号，加上她有恋父情结，所以产生了幻觉，他们应该好好深入聊聊，他考虑越多越紧张，已经没有以前的那种期待和开心了。看样子乔治也真的遇上这迟到的爱情了。

15

爱的呼唤，生活的重负，工作上的压力，但他们必须把戏唱好继续演下去。被别人追债真不是滋味，乔治自杀的心都有。和慧陷入长期冷静期，只是偶尔短信问候，问问在什么地方，是在天上呢还是地上。有一天乔治突然收到慧的短信留言。她在休假，说安排一个时间坐坐。现在只有慧的到来，才能使乔治的心情好许多。约的地点在一家五星级香格里拉酒店的二楼咖啡厅。乔治知道她喜欢这种地方，也许和她的职业有关，高贵典雅。乔治特意在一楼选购了一款女式高级腕表作为礼物，选择临窗位置而坐。远远看见慧从旋转门而入，乔治起身向她招手，她很冷静地笑笑，又像回到他们刚刚开始认识那样，含蓄礼貌地说“等很久了吧”。

他们谈起了各自工作上碰见的一些怪事趣事，她其实很累的，基本工资不高，主要靠飞行时间也就是说在天上的补助才能拿到七八千左右，乔治也谈到最近的企业状态。她道歉说：“上次给你压力了，尊重你的选择和决定。”乔治越是这样有责任感，她越是想追到手，这是很多女孩子的误区。最后冷静下来，其实这样不好，太自私了，加上他们家都讲面子。乔治说：“谢谢你，慧，你是我这一生中最完美的邂逅，一定有好男孩爱你的。”

乔治拿出买的礼物送给她。她笑笑说：“这是分手礼物吗？”看样子她心里有准备，乔治笑笑说：“表不贵，希望它能帮你赶机，陪伴你。”慧说：“看样子我没有办法拒绝，我收下了。”饭后乔治像以前一样送她回去，记得那天雨下得特别大，以致送到她的住处用了一个多小时。雨刮声搅得他们心烦意乱。在她家楼下，她叫乔治把车熄火，坐坐，静静。乔治轻轻拉了一下她的手，她顺势靠在乔治肩上低声说“抱抱我”，乔治紧紧抱住了她并轻轻亲吻了她。在她耳边轻声说：“失去你是我这一生中最大的遗憾……”

16

西北湖风光依旧，但已物是人非。他们都在长大，他们都在老去。那些年轻时的经历，没有长久的相守，只有长长的相思。经常在电影电视里看别人的人生故事，自己的生活故事何尝不精彩呢？这些天来，每天沉浸在写故事中，里面整合了很多朋友的故事加上自己的一点点感受。虽不知别人感受如何，但自己是快乐的，开心的……

2016年3月书于武汉

晚　秋

1

在我的人生字典里我本属于国内一个不知名的小镇，没想到有一天我会远走天涯，怀念国内的日子，怀念在武汉户外的生活、人、事。人来人往，熙熙攘攘，谁是谁的过客，谁又是谁的永远。这时候，我们并没有什么人和事可以等了。哀莫大于心死，只能静静等待岁月改变自己，一切仿佛已尘埃落定。默然、离去、再见，再也不见。任时光匆匆，心亦远离红尘，那么，是否能在心里永远尘封那些过往。

2

有人说，人从出生到离去，会遇到很多人，有些人只是你过往的风景，有些人却永远留在心里。那些无法诠释的感觉，或苦或甜，或悲或喜，缘浅缘深，早已注定。之后任你我如何努力，也无法抵过命中注定。

有人说，这一生中总有那么一些人，彼此付出了真感情，却难以在一起。还有一些人，爱得死去活来，却劳燕分飞，终将成为彼此的过客，连同自己沉沦苦海。那时候，萍踪孤影，又将散落在哪里。“我若离去，后会无期”这句话，诠释了人间的苍凉酸楚。每每想到这里，便不免感叹人生太多的生离死别，那些突如其来的离别，往往让人心碎。说是人生何处不相逢，但有些转身，真的就是一生，从此后会无期，花开花落，却永不相见。

3

或许，我们都想忘记一些东西，比如伤痕，比如过往的经历。有些事情是可以忘却的，但有些事情是永远无法忘却的。岁月催人老，时光能带走的只是每个人的容颜，却无法带走每个人心中那份真挚的情感。即使你白发苍苍，看夕阳落下时，也仍难以割舍。没有常常的相见，只有长长的相思。

那英演唱的电影《何以笙箫默》的插曲，弥漫家中，电影我没有看，也不知是什么内容，演员表演如何，但此时感觉应景。晚秋，金黄，人的长长倒影，夕阳西下。它的凄美，不在于季节的变化，而是叶飞枝散的距离，在不经意间季节已更替。或许，我们不曾相逢，因此，再见的时候，也只是一个人的空间，那也安然。人生若只如初见，何事秋风悲画扇。更欣赏的是久别后重逢的那份坦然和从容，离去，已远隔天涯。这一季，枝空叶落；这一别，天涯远去。聚散终有时，于人海茫茫中相遇，也于人海茫茫中走散，路的尽头，道一声珍重，以后的日子，我在或不在，请记得，笑对人生，一路珍重。

赌城——风花雪月

1

因为一点小业务，认识了故事中的主人翁——杨虹。第一次见面后，寒暄几句，她递给我一张名片，全是英文，用中文留下我的电话。好久没联系，这事我都忘了。有一天一朋友问我："杨和你联系过吗?"我说："没有，过好久了。"这样在朋友的带领下，我走进了杨的办公室，又一次见到了杨。这次，我通过第二次和她握手、接触，了解了很多杨的故事，也了解了一个中国女人在美国的情事、心路历程及奋斗史。

世界赌城——拉斯维加斯的夜是美丽、灿烂的。这里有一掷千金的豪客，更有震惊世界的达官贵人，也有为生活、为梦想、为事业而奋斗的人——白人、黑人、黄种人。今年才 33 岁的杨来自中国西安市，出身于高知家庭，其父是某行行长。杨现供职于拉斯维加斯大学，做一名教师，教中文，应该是留校的，同时兼职一份房屋中介的工作——在美国这职业是需要考的，招聘广告上打的是——精通英语、中文。

从我第二次见杨起，她整天电话不断，忙忙碌碌，看她那样子，我好笑，并笑出声来，她马上对我说“对不起，抱歉”。没有别的意思，因为从她身上，我看到了我年轻时拼搏的样子。不顾别人的感受，只顾自己的事业发展，笑的意思是我能理解。从不认识到认识、了解，我们成了朋友，我不懂英文，有很多事需要请教她，她也很乐意帮我。我有时请她和她的小孩吃饭，近距离接触他们，有时她打电话约我，出来喝喝咖啡、聊聊天。

2

西方人的规则是，私事不能随便打听，熟了后我也不顾虑，问了杨很多不应该问的事。也许她也很想把一些事讲讲，说出来，倾诉倾诉，也许她还保留着中国文化以及西北人豪爽的性格。毕业于陕西师范大学英语专业的杨 21 岁那年去新西兰留学，她跟我讲，当时还有一位很帅的男同学是她的男朋友，家里当然反对，因为单位已安排好，在人行上班。杨敢想敢说敢干，肯定是按自己的行为走。

三年后一人去英国读博，一人去美国读博，这是人生的分水岭。小小年龄不靠家庭，全部靠奖学金，为自己的理想奋斗。大学期间杨认识了一美国男孩，是男同学尚，他们从相识相恋到结婚生育。谈起那段感情，她跟我讲“他们是真心相爱，尚很努力”，以后尚成了我的英文老师。

尚是一个地道的美国男孩，绅士，彬彬有礼，信仰宗教，东西方文化的冲突促使这家庭发生了很多事，他们离婚了。杨跟我讲，由于她报警，尚蹲过监狱，还不止一次。尚现在也成了我的好朋友，他知道一点点中文。现在他们是朋友，尚成了杨的部下，帮杨做点事。从尚的眼神中可以看出尚还爱着杨，我也做了很多工作，杨说，她给了尚很多次机会。

杨不为所动，因为杨又有了新男朋友——杰夫。杰夫当过兵，供职于保险业，呵护杨，也爱着杨，相当于奶爸，他有房，有一份稳定收入。杨跟我讲，她两个小孩的父亲是尚，有一天小女儿娇娇病了，杰夫抱着她在房中走了一晚上。她说，美国男人不像东方男人那样分你的我的，这让杨非常感动。确实，美国男人有很多让女人很感动的地方，他们保护女人，尊重女性，开车门，拿衣服，绅士，彬彬有礼。但是他们是提前消费，过好每一天，明天的事明天再说。对教会，没钱借钱也要捐；吃饭，夫妻一人一半，AA 制；婚前签协议……

杨讲了很多事，东西方文化，生活冲突。我安慰她要随遇而安，想回去也不可能，也不习惯了。她说来美国这么多年，一次也没回去过，孩子的生父尚也没去过中国，计划今年暑假回去，我热情邀请她到武汉做客。我以我的社会经历告诉杨，要心平气和，不要太累，不要太浮躁，要随遇而安，财富乃身外之物，是你的永远是你的，不是不要强求，享受生命中的每一天。她点头认可我这个观念，并笑谈她生命中的男人都属狗——尚、杰夫、助手麦可，他们似一群狗围住她。只有我属虎，她说虎是和她最相配的。我哈哈大笑，是的，她把我当成了真正的朋友。我请她很多次，也很想她请我到她家去看看，拍拍照，但是没有，我很失望，我想这也是美国文化吗，但我还是期待着，处在希望中。

来美国很多次，但这次待了很久，也很深入地了解了这社会、这国家。这国家是大国强国，不过再大再强，生存、生活也要靠自己，天上不会掉馅饼。愿杨——杨虹一路走好，祝她的家庭、事业、身体一天比一天好。期待重逢的那一天。

佛罗里达的阳光

1

回来很久，一直没有时间静下来坐着，每天不是酒聚就是茶叙，还冠了一个名“年饭”，又加上公司的琐事和麻烦不断。曾经讲过、承诺过，要写海外中国女孩的故事，创作需要灵感，写作需要安静。闲暇之余，她的故事还是在脑海中挥之不去，每一句率性的言语，每一个形体动作，都深深地感染着我，打动着我。在佛罗里达和迈阿密的一个星期里，受到了东北女孩热情的接待，见识了迈阿密的著名海滩、佛罗里达美丽的风景和海滩上迷人的阳光。

这是一位地道的东北女孩，现在变成东北女人的故事。在拉斯维加斯曾写过一篇《赌城——风花雪月》，讲述的是一位西安女孩杨虹——西北女人在世界赌城奋斗的故事。本来这个东北女人不是我这次旅行中要找的人和接待我的人，偶然在飞机上和朋友临别时通电话，朋友说让我去找她——Cindy。

2

从拉斯维加斯出发，经过一夜的飞行，清晨 7 点到达佛罗里达的迈阿密国际机场，朋友接到后安排到市区 B 区居住。朋友说来迈阿密不住 B 区就是白来，这里是全美著名的旅游区，有海滩、棕榈树、南美风情、美食、俊男美女……呵呵，是我想待的地方。安顿好一切，饭后我跟她打了一个电话，她说 10 点到。

她开着新奔驰吉普，笑着说美国人都这样，用很少钱把车开回来，先享受后付账。出生于哈尔滨郊县的她英文名叫 Cindy，小时候就有要冲出去的冲动，从县城到哈尔滨，从哈尔滨到新加坡，从新加坡到美国，现定居在佛罗里达州迈阿密市，开了五间按摩学校，转让了两间，买了不少房子，去南美开过金矿，现在喜欢上了古董。她讲的好多事让我大开眼界。她现在也是百万富翁，还到处跑来跑去，飞来飞去，时时刻刻赚大钱，并起了一个网名——黄金梦想。是的，人要有欲望，要有追求，这也是人要生存、生活得更好的动力吧。

我总是眯着双眼，脸露微笑，听她讲她的故事，并且告诉她，我很乐意听。我不是一个故意窥探别人隐私的男人，只是好奇心驱使着。因为中国人在美国不容易，特别是一个中国女人，靠自己拼搏，站住脚，打下一片天地。我再次告诉她，我很开心她能分享她的故事给我听，特别是这批留学、有文化、懂英文的中国女孩早期到美国的故事，所以她更放松，从她的爱情、婚姻、朋友、事业开始聊了起来。

3

我对她讲：“你对我太热情、太好了，让我不知所措。”第一次见面，我问她：“家离我这儿有多远？”她告诉我，开车到这儿需要一个半小时，吓了我一大跳。我说："太谢谢了，明天就不要来了。"她说："没事，你想了解佛罗里达，我是最好的导游，你又不会英文。"是的，我英文不好，我朋友去了10年，英文也差，我于是释然。

她告诉我，她到美国第一天，有一个女孩帮助过她，好多年过去了，她们依然是很好的朋友，是我老乡——武汉美女游唯。呵呵，这么巧，她总是提到游唯，不停地讲。游唯是她一生中最好的朋友，漂亮，善良，从瑞士留学毕业来到了美国。你看，她还没有讲她自己的故事，却讲起了另外一个美女——游唯，她不停地讲。我说："你对我这么好，这么热情，是不是游唯有一定的作用？"她坦率地说："有一点，因为我在湖北念过书，对武汉人有好感，又加上游唯的缘故。"我说："好，回去后一定要见见我老乡，感谢感谢老乡——美女游唯。"因为她现已回国，居住在上海。

她说她在新加坡5年，到美国快13年，在海外漂泊快20年，从青春年少的姑娘变成中年女人，已是美国公民，思想还是儒家的，骨子里还是华人，先后两任男友都是华裔。我说："你没想过找个白人结婚吗？"她说："从没想过，喜欢和他们共事，但不会和他们结婚，因为东西方文化差别太大。"

她谈到了她的男友，时间一长我经常搞混，不知在说哪一位，在讲谁。我开玩笑地说："Cindy，从现在起，我们把他们分为1号男友、2号男友。"她哈哈大笑，说："好！"1号来自广东，7岁那年到了美国，很英俊，个子也高高的，他们的合影我见过。她说，他是一个长着华人脸，思想、行为准则全是美国人的华人，因为爱他，她从旧金山随他到了佛罗里达，曾经想结婚成家，遭到了男方家庭的阻碍；当想要个孩子时，天公不作美……在一起争争吵吵十几年，他总是说她：“你们中国人怎么怎么的。本地美国人都成功不了，你外来的中国人凭什么成功?”也是一个把1分钱当2分钱用、懂享受、爱旅游、喜美食、把人生看得很淡的一个人。他们已分手，但还是很好的朋友。1号总是调侃她：“Cindy，你把我当作办公室了。”因为Cindy有很多事都请教他。Cindy总说1号：“我觉得你最棒!”这可能就是美国文化吧，这点我很欣赏、佩服。

2号男友曾是国内某大学教授，现在是她学校的合伙人。学校不错，档次很高，中国人把这种东方文化带到美国后，美国人也开始享受起来了。她跟我讲，2号骗了她，结过3次婚，白天像教授，其实就是一个很花心、很虚伪的男人。她讲了很多，我也不想写出来、写下去了，只能说她没好缘分，没有一个好归属。我劝她还是回到1号身边去。她说，不可能。但我感觉她还是喜欢1号，留恋1号。她现在单身一人奋斗着，为了她的黄金梦想，为了她的古董，这也许是她的一种爱好，一种追求，也算一种寄托吧。我不知说什么才对，讲什么才好，只是希望她有一个好身体、好心情，开开心心过好每一天。我只能真心、真诚地说：“Cindy，你成功了，你是最棒的。”

4

她说要回中国参加古董展，把她淘到的宝贝展一展、晒一晒。我说到时我到上海接待你，还有你最好的朋友——美女游唯。她跟我讲在美国任何州、任何地方她都有好朋友、好学生，都可接待我，我相信她讲的是真话。惜别的那天晚上，我们在美国最南边的小镇——著名作家海明威的故乡，海边的一家著名餐厅里，我说今天我请客，感谢你这一星期对我的热情接待。点上本地虾，叫上美国最好的纳帕红酒，在华灯初上、灯火阑珊、海风习习的餐厅里，开心交谈，尽兴畅饮，微微有点醉意，酒不醉人人自醉。我想在这地球上、世界上，任何一个国家，任何一个地方，风景再美，都比不上有一个热情、真诚的朋友，那才是最好的，是最美的。

——谨将此文献给我生命中每一位真诚的朋友

2013 年 3 月 16 日书于武汉

偷　渡　客

1

老王在美国最近和我联系蛮少，可能是我一句话伤害了他的自尊心，但这并没有影响及伤害我们之间的友谊。个子不高、讲话有点轻微口吃的老王的故事充满传奇色彩，他告诉我——他是一名偷渡客。

人生何处不相逢。认识老王是在赌场的赌桌上，赌城拉斯维加斯有一种赌博游戏叫“德州扑克”。每桌上共 12 人，每人发两张牌，庄家发五张牌，客人与客人对赌，庄家抽水钱。我在美国没事了有时间就去玩玩，小赌怡情。那天桌上就有老王，戴一副眼镜，讲一口英文，看上去肯定是亚裔，当时我认为他是马来西亚或者越南人。我没开口，他也在关注我，在猜对面坐着的那个亚裔是什么国家的。第二次去又碰上，我在吸烟，他过来借火，用英文说：“打搅一下，借个火。”“OK!”“你叫什么？从哪里来？”我用英文问道。英文这几句我还是会说的。“我叫汤姆，从中国湖北来。”“天啦，你是中国人！我们是老乡，我也从湖北武汉过来。”我改用中文大声说道。

2

他乡遇老乡，两眼泪汪汪。能够在遥远的国度遇上湖北老乡，情感溢于言表。既然在赌场赌桌上认识，当然聊赌的事情。“老王，赌了几年？一直住在这地方吗？”我没有叫他英文名“汤姆”，按中国的尊称叫“老王”。“七年啰，从阿拉斯加过来。”老王答道。“哦！”他没有回答关于赌场的事，只是告诉我他从很远的地方过来，这地方也是我一直想去而没有去的地方。“阿拉斯加，啊！冰天雪地，很美的地方。”“是啊，冷死了，所以，才换一个热的地方居住。”“真的吗？老王，你讲话口音怎么有些特别？”我问他，因为他的尾音有些特别。“是的，我在昆明住过一段时间，所以我会讲昆明话。”“哦，怪不得！有时间一起聊聊？我请你！”“好啊，这里还有几个昆明人。”就这样，我们相遇、相识、相交，成了朋友。

写下这些小人物的故事，只是觉得他们在异国他乡不容易，女人、女孩子更不简单，所以一直在关注女性同胞。老王是这次写作准备收尾时，回忆起来的——觉得应该将中国男人老王讲讲、写写，也是很多不容易。人生充满艰辛、曲折、惊心。走过的路也是别人没有经历过、走过的，能够站稳脚跟，为生存奋斗，应该是一首生命之歌。

3

“我出生在湖北石首，父亲兄弟三人，13 岁那一年父母双亡，我被过继给我父亲的哥哥，我叫大伯，做他的养子。”在一个云淡风轻的日子，我和老王相约在酒吧。老王和我年龄差不多，6 字头。老王缓缓地讲出他的人生故事。我告诉他，我是一个最喜欢听故事的人。“大伯有两个儿子，一个女儿，家庭地位都很好。但是大伯母对我不好。就像很多书里写的，对继子不友善，家里有矛盾的故事。那时候我就想离开这个家，离开云南昆明，自己偷渡到缅甸。”“我的天，你这么小，就有胆出去，并且到缅甸。”我说。“到缅甸后，进入难民营，反正家里父母双亡，大伯和大伯母又不照顾，贱命一个。在缅甸难民营待了快五年，认识了一个新加坡华侨。他对我很好，并告诉我，你只要有一天能出来，一定要到新加坡找他。这是我一生中碰见的第一个贵人。”“真的吗？人生中有贵人相助吗？”我问他。“有，真的有！”他讲道，“当时难民营有政策，只要能投亲靠友，可以出去，我就去了新加坡。我拿着他的地址，前往马来西亚边境地区，打了一个电话，他真的开车前来接我。好人出现了，我住在他家里。当时新加坡政策很严，反而加拿大有接收难民的政策，所以，我告别他，前往加拿大。”

很多年前总是从电视机里看到这样的故事。他们都是福建人，从墨西哥偷渡，坐油罐车进入美国，或者走很远的路，经由戈壁荒漠到美国，没有想到一个湖北人也有偷渡到美国的传奇故事。“他帮我买了一张机票，直飞加拿大。那时候政策松，能顺利进入。后又听说美国，其实我一直想去美国。有一天，我准备从加拿大穿越到美国，从温哥华到西雅图，后来又到洛杉矶。”“你实现了，也到了美国，也获得了美国公民身份？”我问道。“是啊，几十年就这样过去了。”“那为什么后来又到阿拉斯加去？”我问道。看似一个很普通的人，其实他身上充满了很多人经历不了的故事。老王就是一个，这是一个中国男人在美国的故事。

4

在美国生活有三样东西不能借：第一，是老婆；第二，是车；第三，是钱。曾经我有一个交往 30 年的朋友，在离婚案件中法官判他付 7000 美元，不然的话要抓人。救人如救火，我去付款救人。可好多年过去了，朋友忘了。美国就是这样，夫妻、父子关系借钱都要写借据，要还的。我还有很多很小的钱借出去了就等于给别人了。有一天，老王向我借钱，5000 美元。因为他好久没工作了，要交养老社保金，并说一定还，还要写借据。我没拒绝也没同意，只是说我考虑考虑。确实，美国这社会太现实，人情味很淡。特别是在金钱观念上，和中国人完全相反。既然是湖北老乡，每人都有急的时候。如果不还就当是在赌场输了。我打电话让他过来，准备好 5000 美元，也告诫他尽快找到工作。在美国要尽量靠自己，朋友、亲人只能靠一阵子。他比我更清楚。

过了好久，我第二次到美国，他打电话约我见面，为我接风洗尘。他拿出 2000 美元还给我。“你别急，有困难先用着。”我说，但内心还是蛮佩服他的，因为他记得欠别人的钱，这是有关人格、品德的问题。“先还你 2000，再过一段时间还 3000。”人有时候怪怪的，他借的时候，你犹犹豫豫，但是他讲信誉还的时候，反而自己觉得不好意思，有内疚感。老王是个很好的人，他总是告诉我，少和华人打交道，太复杂，发生太多太多不应该发生的事。他说白人简单干脆，没有很多坏心眼，因为他上班下班都是在白人圈里混。他会英文，曾经娶过一个白人老婆，有一个混血女儿。忠告是好的，可是我做不到，因为大半辈子都是在中国生活、长大、变老，只是因为女儿上学才到美国陪读、生活。

5

“老……王，你……还……没……有……讲……是……怎么……到阿拉斯加去的?”我们很熟了，有时我学他讲话，开开玩笑，调侃调侃他。因为他有轻微的口吃病。但他说英文还好。“从温哥华，徒步穿越美加边境，在西雅图待了一段时间，那时候听说洛杉矶华人多，应该好找工作，又挣了一点钱搭车到洛杉矶。”老王讲道，“洛杉矶华人多，但老移民欺负我——我是一个偷渡客，没有身份证也没有工卡，所以每小时工资很低。”美国实施的是周薪制，每小时工资根据你的业务能力、工作时间定价。它还分长为期聘用制、短期聘用制、临时聘用制。因为美国的劳工组织很厉害，所以一些企业在管理上很细、很严。像他这种一无身份证二无工卡的人，别人肯定付很少的钱，同时他要干很多的事，因为他要生活，要交保险费。如果你安分守纪，干了很多美国当地人不愿干的活，到法院申请，法官会判给你工卡，你就可以合法打工，享受劳工组织的法律援助。如果雇主不按法律办事，就可以告他。美国人是懂法律的，一般来说都知道怎么做。当时他一句英语也不会讲，只是会讲“是”和“不是”。既然要在美国生存，一定要学会讲话。他问别人，美国哪个地方一个中国人都没有，别人告诉他：“有，阿拉斯加。”一个冰天雪地、昼夜不分的地方。“别人看似简单开玩笑的话，我却当真。收拾收拾，一张机票把我带到美国最北的领土，最冰冷的地方——阿拉斯加。”

6

"举目无亲——这句话我当时就体会到。范哥，一个人，一个箱，就像一条流浪狗。生死由命一切靠天……"老王继续讲他的人生故事，他说我喜欢听，他就讲给我听，没有荣华富贵也没有风花雪月。就是为了活命，这条没有人同情、没有人爱的命死了几回，再死一次无所谓。我想象着他当时的处境，像暴风雨中的一棵小草，心中也徒然生起一丝悲凉。"范哥，这次一待，就待了 20 年。""你真厉害，胆也够大，换上我肯定不行。"我夸奖他、赞美他。"那你怎么开始的呢?"我问道。"首先找到一家餐厅，以前干过，问别人需不需要洗碗的、打杂的。运气好，一个当地餐厅老板收留了我，解决了住房、吃饭问题。接下来还要学英文。我命不好，早年父母双亡，无亲兄弟姐妹，堂哥堂姐堂弟堂妹一大堆，但没一人关心我、爱我。我一直在底层挣扎，但是这次我挣了个第一名。""哦，真的吗?什么第一名?"我听到这个消息，急切想知道是什么好消息，整个故事太沉重，第一名应该是他人生中的一个转折点。"这地方我是唯一的一个中国人，也是唯一一个定居此地的中国人。"我哈哈大笑，他也笑起来。气氛好起来，我又开始追问，说道："老王，没有荣华富贵，但你有'风花雪月'的故事吧?比如说，你和一个白人女孩的爱情故事。耳边有很多中国女孩嫁当地白人的故事，但身边还没有过，也没有听过一个中国男人和一个当地白人女孩的爱情、婚姻故事，你又是争了一个第一。"这次是他先哈哈大笑起来，我也哈哈大笑起来。"好啊，我讲给你听。"老王拿下眼镜，用布擦了擦，脸上露出舒适、祥和的笑容。"我还有一个女儿，现在正读大学，抚养她到 18 岁的任务已完成。讲给你听，但你必须请客，也必须是下一回。”聊到精彩部分，也是他人生中最得意最开心的部分，他也开始卖起关子来。“好，我请客，也期待着。”我回应道。

7

感觉武汉已没有春季了，一晃而过便进入夏季。三大火炉之一的武汉夏天是难熬的。不在武汉时家中只有老母和保姆，空着的房子中只剩两人，显得空空荡荡。回来后母亲开心许多，精神明显好转。母有何求？只是希望自己的儿子在家多待待，也谈不上陪伴。她经常在嘴上唠唠叨叨，这么好的房子，生活这样好，去什么美国。

这可能就是代沟，不同时代的人会有不同的生活方式。这几天保姆请假回京山乡下，我平时也是一个生活不会自理的人，姐夫过来照顾两天，平时不在的时候也是大姐、大妹她们帮我照顾。大姐整整大我一轮——12 岁，姐夫肯定比她大。最近比较轻松，晚餐基本在家吃，兄弟两人炒两小菜，喝点小酒，聊聊家常。他是“老三届”，曾下放农村，后回城。家中五男一女，我们家是四女一男，五个孩子，两家都一样多子女。我惊叹我们父母的伟大，是怎么养活一家人的，在那么艰苦的、运动一个接一个的、人没有尊严的时代。他是最小的一个，生育一女后一直跟着我到结婚，口中就是不停地谢谢舅舅，感谢舅舅。当然有时也提到他和大姐，作为老大在家中照顾兄弟姐妹的事。姐夫看似老实本分，其实他是一个较聪明的人，有些话、有些事我不必多说。但他作为姐夫、老大的话还是一个不错的人，能够做到这样也不简单。几十年过去了，我才第一次把他家兄弟姐妹的情况搞清楚，包括曾经两次在家做过保姆。兄弟姐妹太多，来来往往弄不清楚，也没有过多问，因为是别人的私事。1969 年出生的老王和我是一个年代的人，就称他为老王，是按中国人的习惯，“老”是敬称。这天我预订了一家最好的牛排馆，听老王讲他在美国风花雪月的故事。

8

不眠的拉斯维加斯之夜是丰富多彩的，有一掷千金的大赌客，有全世界各个国家、民族的顶级美女，也有为生活奔波的人。“先生，这里有什么好的红酒？”和老王落座后，我叫来专业推红酒服务的人问道。“有，先生，您需要什么国家的酒？”他拿来酒单。美国就是这点好，你只要有钱，什么服务什么要求都可满足，并且货真价实。我不是炫耀自己什么，只是人有时就应该对自己好一点。“老王，你是 1969 年生的吧？”“来一瓶 1969 年的法国红酒。”我小声说道。今天心情太好。老王听了我的话，拿过酒单一看，“范哥，不要，太贵，不要，不要。我一个月工资都买不到。”他不知道这瓶酒在国内价格卖到天上去了。“老王，这瓶酒算是认识你的一个礼物，喝完后把瓶子拿回家做个纪念。”如果有条件，一定要善待自己。我告诉他，这是我的人生哲学。临窗而坐，窗外已是一片沸腾。拉斯维加斯的夜晚进入了高潮期。

我们的话也开始进入了主题。“在人生地不熟的地方，你只有拼命工作，吃、住都在餐厅。餐厅里也有一位小伙伴，当地白人，她说第一次见到中国人，一直认为中国人还是长辫子，也分不清日本人、中国人，反正统统都是亚裔人。就像我们认为白人一样，也分不清。时间久了，听讲话基本可以判断出一点。而且时间久了，她也乐意教我英语，渐渐有了感情。”记得有一次，我召集聚会，几个中国女人逗他，调侃地开玩笑问他：“老王，和美国洋女人是什么滋味，你受得了吗？”那天老王酒喝多了一点，嘻笑着，色眯眯地说：“就是受不了，所以离婚了。完全是不同的族群，天天需要，不分日夜。”几个已婚女人哄堂大笑。其实，他跟我说：“那只是一个方面，东西方文化相差太大，我还是一个比较中式的人，生活习惯包括饮食冲突太多了。所以我们离婚了，但我们有一个女儿，法院判给她妈妈，但我必须抚养她到 18 岁。”“她还和你联系吗？她来看过你吗？来过拉斯维加斯吗？”我问他。“有，一月一次，不过后来就没有来过，也没有看过我。”

9

“范哥，你不是要学英文吗？”有一天老王这样问我。“是的，老王，你有什么好建议？”我问道。“找一个美国白人美女，三个月听懂，半年就可以开口讲话。”有一天，我们的对话是从美国白人美女开始的。哈哈，我大笑道：“这个主意不错，可是，年纪大了，身体受不了。”我引用他上次没有讲完的话，他也笑起来。“真的。”他很严肃地说道，“跟她们在一起，语言就不是问题。因为你不需要很高深的英文，能用就够了。”“是，年龄大了，没有生存压力，就像太阳，已经进入夕阳红，能说两句就行了。”我自嘲道。

“老王，在那边这么多年，总存了一点钱吧？”我转变话题，问老王比较私人的问题，只是出于关心。“是，餐厅是一对老夫妻的，他们是对我很好的老人，无儿无女，退休后交给我打理，每月交给他们一点钱，剩余的全部是我们夫妻的。我后来结婚了，也有了小孩，加上在洛杉矶学的一点厨艺，把餐厅改成了一个美国式的中国餐厅。这地方像我们中国东北的某个地方，没有娱乐，没有消费，除了餐厅，就是偶尔到酒吧喝点酒。总共积攒了30万美元。”“不错啊，家庭、女儿、事业都不错!”我开心回应道。“不错什么，来得辛苦，去得容易。”老王露出苦笑。“怎么了，老王?”我迫不及待地问道。“全部输了，输在世界赌城拉斯维加斯了。”我已经无语了。

10

我应该是在2010年认识老王的，2008年美国房地产泡沫破灭，各大城市满大街都是广告，关于处理房产的。法院、银行拍卖的，个人挂牌的，基本上是地面成本价，一片恐慌萧条。如果有30万美元是可以买一套好房的，可他爱上了赌，喜欢上了中国人都喜欢的一种游戏“百家乐”。“老王，美国这么大，你怎么就跑到拉斯维加斯这地方了呢?”我问他。“结婚20年来，和太太的矛盾积累得越来越多，问题越来越大，已经到了不能再继续过下去的地步了。美国女人很简单，没有爱就分，没有什么中国人为了小孩也得勉强过下去的生活。她首先提出离婚，孩子跟着她，我付抚养费到18岁。别人下逐客令了，我只能再一次背井离乡了。办好法律手续，开着车流浪，就像你给自己的一次旅行。从阿拉斯加开着车，首先到加拿大待了几个月，再到美国东部各大城市，边玩边找地方，看看什么城市适合生活。来到中部、西部，最后来到拉斯维加斯。本来是玩几天就走，然后突然决定不走了。”

“为什么?”我问。“拉斯维加斯是戈壁沙漠，比较热，我可能在太冷的地方待太久了，冷冻太久了，想到一个热的地方。加上自己身上有很多小病，风湿、皮炎在这地方生活后就都消失了，所以就决定住下了。”“可能是喜欢上了赌。”我笑着说。“是，好久没这样一个人无忧无虑了，加上手上又有点钱，刚开始又赢了点，所以，万恶之首就是赌。现在戒了，不赌了，整整玩了五六年，要开始找一份工作了。”钱输光了，人也醒了，可生活还要继续。我告诫他：“还是要找一个工作，找一个老婆，相互帮助、照顾，还是要买一个小房子，房子就像一个攒钱箱，到时候可以卖掉养老。”“我一直在买政府的养老保险，到年龄了美国政府管我。”他说。是的，美国养老保险制度很好很完善，保险金也很高，但自己也要有几个活钱。认识他有七八年了，上次碰见他在一个赌场上班，听说戒赌了。

西北湖的小小咖啡馆留下太多的记忆，前后两间，面积加起来不到50平方米。朋友告诉我，看起来不起眼的咖啡馆算得上是武汉咖啡馆的鼻祖，早期是从台湾回来的兄妹两人开的。如果人少，可在前房吸根烟；如果想静一静，可在后房品点咖啡。这里经常汇聚着一群走南闯北的年轻人，包括富二代、官二代或者现代精英。老板还收留了一只叫“旺旺”的流浪狗。但我来这里主要是让人停下来、静下来，回忆并记录人生中的点点滴滴。有趣的是，这里催生了我许多的记忆和文字。

11

在当今世界舞台上，美国是大国，是超级强国。军事、人文、地理位置独一无二。200 多年前北美人民奋起抗争，想摆脱英国的殖民统治，于独立战争后建立了一个新兴的国家——美利坚合众国。或许华盛顿先生生前都没有想到，有一天美国会成为世界上最强大的国家，是全世界精英人士汇聚、想去的地方。

老王他也没有想到过，作为一个偷渡客，有一天他会成为一个美国公民。“来世尘土，去也飞扬”这句话用在老王身上再好不过。从流浪汉变为偷渡客，从偷渡客成为美国公民，从父母双亡、沦为孤儿到成家立业，多好的人生结局，家中还有积蓄。可以这样说，这是一个华人在美国从奴隶到将军的传奇人生故事。

老王打电话给我，钱已攒够要还我钱。本来我曾经就想要帮帮他的，有一个朋友的眼镜店想转让，叫他准备一份钱，我也出一份，最后却泡汤了没做成。“老王，钱就不用还了，你去把车换掉。”我告诉他。“范哥，这样不好，借钱还钱，天经地义。”老王是个有骨气的人，血液里流淌着中华民族的传统美德，在美国能交上这样的朋友十分值得。偷渡客老王的故事讲完了，他也知道我想写一些华人——从中国过去的华人的故事。他曾经跟我说过：“我的故事很精彩，你想写我就说给你听。”当年看似一句玩笑话，我还真把他的故事描绘出来了，下次去一定要告诉他，希望他也喜欢。

2017 年 5 月书于武汉

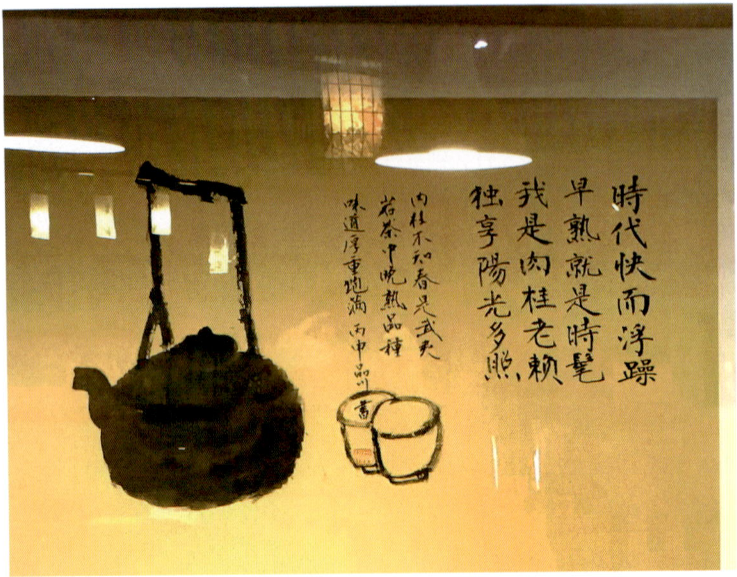
時代快而浮躁
早熟就是時髦
我是肉桂老賴
独享陽光多照
肉桂不知春是武夷
岩茶中晚熟品種
味道厚重饱满 丙申品川
書

我从中国来

1

孙丽是我来美国认识的第一位 80 后小女生。她来自上海，应该是很早就到美国来了。记得到美国第一天，她的第一件事是买车。美国是一个车背上的国家，家家有车，并且一般有一至三辆。喜欢车的人会买高达几十辆。对于有钱人来说车不算什么，关键是没有车寸步难行，加上国家有优惠政策。这次去美国，一位朋友带我去参观美国车市，也就是像中国的二手车市场——车价便宜。这个车市让我产生了办一个车店的想法。朋友提议，一起开一家，我说“等等”，我要问问我一个卖车的朋友，就是孙丽。她在一家美国最顶级的车店销售“宾利”，应该是车店里唯一一位华裔，一个混迹所谓上流社会的小女生。

我记得去买车时，女儿、太太和我，一共要买三台。一位优雅的白人先生接待，正在比画，支支吾吾，并且告诉我“他从法国过来，母亲是华人”。我感觉他在套近乎，因为这肯定是一笔大买卖。突然从旁边传来一位讲标准普通话的小女生，我正在纳闷，这地方怎么有中国人，还讲普通话。“先生，从哪里来？有什么需要帮助的吗?”“哦，你好，需要，我们从中国武汉来。”转过身对白人先生说：“我很抱歉，先生，我英文不太流利。”白人先生说：“OK，没事，很高兴认识您!”转身离开。孙丽的到来，分明是在拉客户、抢生意，连我这个外来客也看得出。就这样我们成了朋友，很高兴还认识了他的先生——一个在美国长大、参加过美国海军陆战队的台湾人。

2

美国是一个移民国家，除印第安人是原住民外，其余全部是外来的，只是来得早和晚而已。但现在出现新的人，主要是亚裔人——他们很小就随父母移民，不会讲母语，只会英文，思维、观念全部西化，他们自以为是美国人——白人，但他们是黄皮肤的东方人，长着一副亚裔面孔。孙丽就属于这种，但她会讲一口流利的普通话，这也给她工作上带来很多便利。

很早以前经常往返美国，对孩子的教育情况有一定了解，加上耳边经常有朋友告诫，所以在小女小学刚刚毕业那年就前往美国求学，这样中文基本掌握，英文学起来也容易。现在美国当地人都认为她是在美国出生、长大，从口音上听不出来。放学回家，和她聊聊天，问问学校情况及同学交往情况，她告诉我，白人孩子基本上和白人孩子在一起交流、玩耍；从中国过去的几个在一起；从小在美国出生、长大的华裔也就是通常所说的 ABC，他们聚集在一起。反过来当地白人孩子和从中国过去的还在一起玩和交流，而他们完完全全不和 ABC 在一起。他们认为你是中国人为什么不会讲中文?女儿的学校是一所私立学校，属于教会办的。每个学生都要会三门语言：母语、英语，还要进修一门语言。这就是国际生的概念。

3

每次我打电话给孙丽，她总是上海腔加上台湾调：“范先生，你好吗？好久不见，回美国了吗？”真诚、热情，就像分别很久的老同学，虽说我们之间年龄相差二十来岁，但我感觉和她交流没有代沟。见面来一个美式风格拥抱，分手也是，所以谈话很轻松，很放得开。“孙丽，有个生意想要请教你和你先生，有关开车行的事宜。”她先生也在车行打工，我打电话给她。“好啊，可以，车行？慢慢讲。但我和我先生分手了。”“哦，抱歉！我的天，为什么？”我问道。

她先生从小在美国长大，很帅，有教养，我第一次见面就喜欢他，他也很热情。“范先生，你们刚到美国，以后有什么事我们可以帮你们。”“谢谢，很高兴认识你们！”就是这样一对从小在美国受教育、一起成长的中国人，他们有着上十年的感情，分手让我震惊、好奇，也让我产生了想进一步了解的想法，很想了解真相，看看能不能帮他们挽回让人羡慕的婚姻。我们约好下次见面的时间，我告诉她，很想听她分享她的人生故事。

4

这次去美国是待得比较久的一次，时间加起来近三个月。春节期间，武汉天气太湿、太冷。公司工作停止——放假，中国人历来的传统习惯是大年不过也就是正月十五元宵节不过是不会正常上班工作的，所以也给自己放了个长假。

小女在美国求学算起来也有四个年头了，从初一到现在高二。美国高中四年，但它考大学的考试——也就是我们所说的高考从初二就开始，初三、初四基本是大学一年级课程。从高中到大学是很平稳的过程，没有什么变化，对于学生只是换了一个学校、一个地方、一个城市而已，没有像我们的高考一样，像一场决赛，像决定人生生死前途的重大事件。

那天到达记得应该是下午，我到了，她没在家，应该是放学了。“人呢？女儿呢？”我问道。“等等，你看。”我顺着手指看过去，一辆白色敞篷车缓缓驶过来，开车库门，进车库，停车上楼。“她开车上学了？”我问道。“是的，刚刚开始一星期。”美国学校分公立、私立学校。公立学校是政府办的，校车每天接送，一切免费包括学费。但私立学校没有，小学一直到高中基本是父母接送。私立学校是教民、私人老板赞助的，各方面条件比公立要好，进大学特别是好大学，私立肯定比公立好。所以很多有条件的家庭都会把孩子送去私立学校，也包括中国的一些有钱家庭，只是国际生的费用比当地孩子贵一点点。“你开车上学了，祝贺！”“现在只能走小路，还没上高速。”她答道。她是我38岁时生的，那年人生应该经历了很多事，相对来说较成熟，所以她一点点的成长我都看在眼里、记在心里。孩子一点小小的成绩进步都会给我带来快乐和欣慰。对她来说这很正常，没什么了不起。可能我们小时候也是一样的，唯一不同的是，我们没有她们时代好。

我想起我小时候，为了求父母帮我买一双长靴，能够在很深的雪地里玩耍，而遭父母拒绝，反抗却遭痛打。现在有时一家人在一起开心时，问父母为什么会这样，父母总是笑着说，穷，没有办法。社会变了，国家与世界接轨。大女儿送英国留学，小女儿在美国求学。时代进步了，条件好了，经济基础一定能决定上层建筑，如民国时期出现的诗人、大作家、政治家、思想家、哲学家、企业家基本都是大地主、大资本家的后代子孙，而下一步就要靠他们自己。

5

三月的内华达州有点冷，很多中国人不知道内华达，但它有一个城市全世界都知道——赌城拉斯维加斯，世界娱乐之城。美国的"州"像中国的"省"一样，一州管辖几个城市。拉斯维加斯属于美国西海岸地区，紧邻加利福尼亚州，从洛杉矶开车五小时，飞机一小时多一点。以前中国人去这里都得转车、转机，但现在能直达，中途小转直飞拉斯维加斯，最先是韩航，但现在中国海航能从北京直达。刚刚去的时候，是从洛杉矶过去的，别人认为洛杉矶像个大县城，人都生活在县城下的小镇。但拉斯维加斯像城市，它也并不是人们所描述的"罪恶之都"。只要管控好自己，它可以给你带来很多快乐。全世界最好的美食、最好的服务、最好的表演"秀"在这里都有。拉斯维加斯气候有点热，但不潮湿，人有时候难以适应。现在基本不觉得，反而感觉它在变化，从六月到十月，冷气一天 24 小时要开，短暂一月后暖气也要打开，冬天还有点冷。

有家料理餐厅供应中国菜，我认为是最新鲜的。约好孙丽到来，订好了位，点好了餐，温温小盏清酒，她如期而至。"哦，孙丽，好久不见，你瘦了很多。"来不及问候，直接发出了感叹。看样子这次情感、事业危机给了她很大打击。"是吗？真的吗？"孙丽回答道。“范先生这次待多久?”她问道。“小女考大学，陪陪她，应该待两三个月左右吧!”我说，“最近怎么样？还好吗?”她没答，只是端起酒杯，“敬您，范先生，谢谢您还记得我，也祝小女大考顺利!”“不能够喝太多，还要开车。”“好，尽兴。”我们聊到车行，她告诉我，她也是从洛杉矶过来的，和先生在车行也只是干了五年而已，知道一点点，但也是难做，有买地买房等一切烦心事。“我们曾经很有钱，在洛杉矶有豪宅、豪车。”她告诉我。“那现在为什么干车行?”我问道。本来是想从她的个人感情方面入手，没有想到讲起他们的生意、事业方面来。“做垮了，破产了。”她答道。这也是我想了解的事，才能构成人物完整的部分，期待!

6

飞机临武汉上空，不知道什么原因，过机场，沿汉口上空空转一圈，临窗望去，天空一片黄色。高楼大厦鳞次栉比，武汉建设速度在加快，全国一样。但规划设计理念水平永远赶不上经济发展水平，车流多只有在路上架桥，人多只能建高楼，平均每40年重建。白岩松说：“我们的速度太快，灵魂落在后面了。”下机后湖面上也是一片黄色，司机告诉我刚刚下了一场暴雨。是的，我们太快，别人200年做的事中国人只用了40年，肯定会顾此失彼。因为我们要把失去的补回来，我们要和别人平起平坐。

很多家长包括我自己，总是要让孩子受到良好教育，不要输在起跑线上，希望“青出于蓝而胜于蓝”。中国国际化趋势不可逆转，加上现在某些学校教风不正，出国留学是好的选择。深思、判断、选择，是家长做出的决定。融入一个社会，了解一个国家，需要大量金钱和时间，还要有一群肯帮助你的朋友。

16 岁的女儿开车上学，在中国是不可能的。曾经有一个朋友，我叫她“虎妈”，她告诉我，别太早让女儿开车，因为她有车会更自由，更方便。美国中学早恋普遍，经常性聚会，西方文化认为不好，句句中肯。想获得停车位要靠做义工，学校才会安排，要很多个小时。上好大学也要做慈善义工，女儿平时在家里什么都不干的，但学校规定有些事她必须得干。时间久了你会发现她有变化。美国学校在学生小学到中学时基本不强调学习，早上七点上学，下午三点前就放学，没有作业也没什么要求，他们认为孩子小没成熟就放养。但到了高中，就不一样了，作业多，课程紧，每人还有专门的辅导老师。家里有条件的也请课外老师，费用很高，这时候小女像变了一个人，她自己加力，提出要补课，她说想上一所美国的好大学。钢琴本来是一项业余爱好，但在美国的大学里是一项很重要的课程。有业余文艺、体育项目方面的特长，那么就有可能被好大学录取。内华达州有一次举办了中学生钢琴比赛，小女意外地拿到第一名。记得第一次找内华达州音乐学院的老师补课，老师不肯收，最后说给一个月试用期，勉强收下来。推荐参加比赛又拿到第一名后，老师又将小女推荐给美国一位钢琴家评委，老师说她有点天赋，准备叫她上美国最顶级的音乐学院，这更坚定了她的发展方向，更坚定了她的信心。

7

从中国上海移民到美国的华人和来自中国台湾移民到美国的华人在西部最大的城市洛杉矶相遇、相识、相爱。“范先生，我 18 岁起就和他在一起。”孙丽告诉我。相同的皮肤，流着相同的血，美国的华人，一代又一代，前赴后继，移民美利坚大陆。最初亲友相助，到留学、结婚，到现在的小留学生，冲向一个美丽的、传说中的国度。美国从歧视华人，二战期间帮助中国，到现在中国成为世界上第二大经济体，中国也逐渐强大起来。美国著名政治家基辛格先生说过：“如果二战前有一个强大的中国，日本人就不会祸害世界，祸害人民，殃及美国。”我没问他们怎么相识，怎么相遇，只是说：“你们应该很相爱。”“是的，他很好，有教养，在美国长大，参加过美国海军陆战队，家里也很有钱。”“是，美国在对台贸易中有很多政策，包括所有台湾产品进美国不用交税。”我告诉她。“那他们家在美国做什么生意？”我问道。“他们家兄弟姐妹做纸张生意。”“哦，这生意在美国好了一段时间，中国上市公司‘玖龙纸业’的张茵女士就是在洛杉矶收购废报纸，运回中国加工而发了大财，她的公司还成功上市，她变成了一个超级富豪。”“我们住大豪宅，我也不上班，只是有时去帮他打理一下，他很好，帮我买很多礼物，只要我需要，他都会去办。美好时光，甜蜜回忆。”她端起酒杯，喃喃自语。

我没打搅她，让她在回忆中享受，享受她人生中一个男人留给她的美好记忆。是啊，男人、女人都应该真正爱一回，无关金钱、地位，只是平等、真诚地相爱，真心爱一次。像孙丽这样，就算分手，还深爱对方，留下人生中一段不能磨灭的记忆。“那他现在在干什么？”我问。“不知道，走了，一声不吭地打包，开车去外州，这是第二次了。”她应道。“那在什么州？你去找他啊。”“不知道在什么地方、什么州，第一次也是这样子，很久后他才回来，也不知他到什么地方去了，他不讲也不好问。”“现在你怎么办？”我问。

“如果他再不回，不回来讲清楚，我准备通过法院起诉，判决离婚，我父母都支持。”是的，走到这步，没言也没语，让一个女人难受，健康人也会急得生出病。一个正常男人不应该这样处理此事，他可能受到打击，身体、心理有病。“幸福的家庭都是相似的，不幸的家庭各有各的不幸。”俄罗斯著名文学家托尔斯泰说的。

8

女儿长大了，1.70 米的身高站在我身边，比我只矮半个头，长长的头发染成金黄色，开始注意打扮，有点美国化趋势。“爸爸，我看中了三样东西。”她平时很少叫我，从小不太爱说话，也不爱叫人，嘴也不甜。在国内我总是说她，教育她。小时候一副懵懵懂懂的表情不见了。“什么东西？”我问道。“第一是个包，第二是一副眼镜，第三是一双鞋子。”“好啊，我帮你买。”这时候应该表现一下父爱，平时我照顾她、管她很少，因为自己的工作也忙。她平时不太爱讲话，但你顺着她的话说，她还是愿意沟通，讲实话；如果话不投机，她就不开口。“最近学习怎么样？和同学交往如何？和美国白人同学来往吗？”“就那样，有来往。”这已经成了她的口头禅，可能觉得跟我一时难以讲得清。但她跟我讲了另一件事：“爸爸，有人追我。”我睁大眼睛看着她，“谁？是中国人还是外国人？”“中国人，是我武汉的初中同学。”我松了一口气，还好，武汉离美国很远，不会影响她的学习和生活。可能只是少男少女之间朦胧的青春梦。“那你怎么应付的，怎么跟别人说的？”她不吭声，可能只是告诉我，有人喜欢她，露出很开心的样子。“你还小，现在正是学习的好时光，学习对你的人生有很大帮助。”我告诫她，这是中国式的教育。

她虽然小还蛮有主见，记得在上初中时，我问她："你英文名叫什么？因为你到美国留学生活，应该有个英文名，很多华人都是这样的。"但她不，说："我从中国来，是中国人，为什么要取一个英文名？"这一点她像我，很多朋友想帮我取一个英文名，我说算了，你们就称我的姓"范"，拼音是 Fan。他们说 Fan 在英文里意思是一台电风扇的意思，我哈哈大笑，好啊，我就是一台电风扇。美国人觉得怪怪的，就像美国人有一个中文名，但名字的意思也是让人觉得怪怪的。所以后来他们都叫我"范"。但我女儿的名字是三个字，叫起来比较麻烦，她告诉我，每次老师叫她名字时，班上都会哄堂大笑，因为太绕口。

跟着她驱车来到一个顶级商城，看样子她早已打探好，只等我来大放血。接待我们的是一位从江苏来的女士——中国人。LA，世界顶级奢侈品品牌，女儿从手机上下载图像给别人看，"这一款是最新款，全美只有八个，8000 美元。"接待员讲道。"哦，这么贵，这适合你吗？你喜欢吗？"我问她。"我同学她们都有，包括很多美国同学。""美国人不是一向很低调，不喜欢炫耀，不喜欢奢侈品牌吗？""不是，喜欢。也喜欢炫耀，黑人最喜欢炫耀。"她的学校中只有七个中国孩子，来自全国各地。其中有一个北京学生，经常把他家房子的照片拿出来给同学看，炫耀，还告诉别人，家里有飞机。"你不要跟他们比，应该比学习。"我警告她。孩子大了，爱美，懂得了高级品牌。相互影响，人之常情。她告诉我，有美国白人同学问她："你们中国同学中间，谁最优秀？"她回答："我觉得我最优秀！"白人女孩答道："我觉得也是。"

9

武汉的四月，结束了断断续续的阴雨天。阳光普照，进入了最适合人类居住的环境气候。今年躲过了武汉的寒冷季节，直接从美国的舒适气候回到武汉最美的春季。昨天酒喝多了点，以致睡过了头，约好的事一切等“五一”后再处理。但昨天晚上酒席上说的事整整耗了一年半，节前应该有结果。很多简单事可以办成很复杂的事，但很复杂的事可以简单化，这是国情。电视剧《人民的名义》在热播，只看了几集，剧情真实，演员的表演诠释得很好很到位。我不太容易喜欢上国内电视剧，认为假、大、空，一切为了一个“中心”，一切都不是以“人”为本，不以人为本推出来的作品都是不受欢迎、没有生命力的。演员表演起来生硬，作品也是胡编乱造。《人民的名义》中的一切人物活灵活现，民营企业的困境就像发生在自己身边一样，时间久了，变成了常态，所以引起观众的共鸣，社会影响大。

西北湖的小小咖啡馆是以前经常光顾的地方，门前修了花坛，也划了很多停车位，在“互联网+”新经济背景下的共享单车遍地开花。一切都在变化，但还是觉得“乱”。在“乱”中求生存，求发展，摆脱不了东南亚各国的现象，只有日本除外。还是以前的老套路，上午在公司打理，中午饭后小憩，然后开车来到咖啡屋。老板拿出专用杯，现磨咖啡，香气扑鼻。在门前阳光下点上一支香烟，享受人生中片刻的宁静。人间四月，你若安好，便是晴天。林徽因写得很美，正好衬托此时此景。

10

“范先生，您看我先生多大年龄?”孙丽这样问我。在西方，年龄、收入、社会安全号码等是不能问别人的，特别是女人。他们很注重隐私，国内现在也在注重。特别是社会安全号码，有点像我们的身份证号，一人一生一个，记录了人所有的点点滴滴，很多生活方面包括银行贷款、租买房子，连家里申请自来水都需要，可进行信用积分。朋友间熟了也可以打听年龄、收入。“应该在 40 岁左右吧。”我应道。“他 50 岁了，他大我很多。”“哦，那我真看不出，比实际年龄年轻 10 岁。”这男人保养得很好，前半生家境好，又没有小孩，两人经常旅行。科学家发现，旅行可以让人年轻。“为什么不要小孩?”这个问题太私人化了，我是一个打破沙锅问到底的人。“唉，有过，但掉了，以后也一直没有，生活压力让两人变得想法很多。”其实在美国生孩子、养孩子没有什么负担，很多东西有政府分担。学历高、条件好的美国白人不愿生，他们享受人生，宁愿领养。但有些拉美国家人以生养孩子领政府抚恤金过生活，每个小孩每月 800 美元，如果生五个就 4000 美元。还有免费牛奶、住房补贴一大堆。

曾经有一对年轻的中国夫妇，在新浪网上写过一篇帖子，讲的是他们移民美国后不工作，抚养两个小孩，把政府政策研究完后，每月还有 500 美元存款。如果老了，有免费公寓，政府请人照顾你。有很多人们没有想到的事，政府基本上会照顾到。曾经有国内的人说：“美国也有穷人。”我说：“错！美国没有穷人，只有流浪汉！”但对于流浪汉，政府也有救济中心，小女经常去那儿做义工。

这就是很多人想移民美国的一个原因。他们两人皮肤是黄的，但心里是白的。虽说讲中国话，但行为准则全是西方化的。“那以后你怎么办？是留在拉斯维加斯还是回洛杉矶？可以和家人团聚！”“现在还是留在拉斯维加斯，再等等。加上这边工作还是蛮开心、蛮顺利的。”一个曾经养尊处优的大小姐，现在得靠自己打拼、工作、生活。人在这样的情况下是难以接受和适应的，当然看你是什么人。意志力薄弱的人会认为坚持不下去，但生活能力强的人会涅槃重生，我想，孙丽应该是后一种人。

11

这餐饭和孙丽吃得有点久，酒喝得不多，主要是在聊天。基本上是我问她答，有时候话匣打开后她也主动谈一些问题。当然主要是美国的一些人、事，有长度，有深度。美国这个国度有些像喝咖啡的感觉，看起来很美，但生活下去却有点苦。只要有能力，生活定位准确，社会人文制度还是很美好的。改革开放后，国门打开，一批又一批外国人来中国旅行、访问。他们拿着摄像机、速拍相机，穿着花花绿绿的衣服，有点像天外来客。那个时候我就幻想，有一天一定要去国外看看。2017 年的今天，大批中国人走出国门，也让外国人惊讶。清末蓄长辫子的中国人，二战后弱小的、穿着一身蓝衣服的中国人，也变成了“外星人”。虽然东西方文化、风俗习惯有冲突，但美国人包括世界人民还是热爱中国、喜欢中国人。

我问了很多关于美国人习惯、思维的问题，孙丽告诉了我他们是怎么想的，怎么做的，他们的信仰，没有故意和敌意，叫我不要想错了。“孙丽，还继续在车行干吗？”我问。“不了，准备换一个地方，卖表，世界顶级品牌‘江诗丹顿’。”“哦，祝贺。”她总是在美国顶级品牌的企业上班。当然，收入肯定高外加提成。“好啊，有时间我去参观，看看有没有自己喜欢的。”她告诉我地址。我不喜欢收藏什么，但对表还是有兴趣。“以后，有没有打算，或者找一个外国男朋友，或者回中国发展。因为现在很多海归都回国创业。”我说。“虽说我现在还是在白人圈里混，从小到大也是和他们在一起工作、生活，也交过一个男朋友，但是还是觉得和华人合得来，中国情结重。至于回中国，就不回了。”曾经她的小姨来，是上海交通银行行长，叫她回中国，她都没回去。父母在美国几十年，回不去了。能够养活自己，安安静静地平安生活就好了。是的，他们来得太久，没有同学，缺少亲友牵挂。美国就是他们的家，他们生活、工作的地方，他们是美国人。

12

咖啡闻着是香的，喝着是苦的，但是美好的感觉是舒适的，享受的。又到了国内的五一劳动节，休假三天。这节日是西方发起的，称为五一国际劳动节，但在中国实施，美国不休假。马克思、恩格斯提出的理论在遥远的东方中国实践，为什么他们的理论自己国家不实践，而我们视若“经典”？水平有限，看到、想到这一切也哑然失笑。不管什么主义、思想，适合老百姓、给予人民福祉的就是好主义、好思想，其他一切都是“扯蛋”。

想去潜潜水，考证已三年，好像下水的感觉还留在记忆里。咖啡馆里难得清静，节假日里人们难得清闲。到处传来人声、车声，也常常听到咖啡迷们在谈论旅行心得，不是我有意偷听，而是人们在咖啡厅里交流的话语传进我的耳朵。国家发展、进步了，改革开放近40年，辛苦工作的人们有钱了，人也慢慢懂得享受生活。关键是旅行、出国开了眼界，启迪了思维，知道了差距，也渐渐懂得什么叫做文明、自由。

17岁是人生中最美好的年龄。而17岁那年我在干什么？刚刚高中毕业，迎来“文革”后的高考，在街边打零工挣学费。父亲的17岁，弃学从军，加入黄埔军校，报效国家，中华人民共和国成立后被划为“黑五类”到终身，没有得到平反。母亲说她17岁时，父亲早逝，丈夫受冲击，她一个人带着8岁的弟弟飘泊，寄人篱下。姐姐说她17岁时上了“汉伯河”，下乡修渠，锹比人高。女儿17岁时在美国求学，追求她的音乐梦。不同年代的人有着不一样的17岁，这来之不易的一切，都是最好、最幸福的，但对她来讲没有感觉。

小时候每天看到她的变化，会让人高兴而愉悦，天下父母都一样。“自古以来水都是从上向下流”，谁说的，她大了，有自己的圈子、同学、朋友，也很少和我们吃饭，每次吃饭需要提前预约，根据她的时间而定。有时候开玩笑问她：“长大成人后找个什么样的男朋友？是美国人还是中国人？或者别的外国人？”“中国人，我不喜欢西方人。”她回答道。“为什么？”我问她。“我也不知道。”她做了美式的耸肩摆头动作。“可能是因为我们家都是中国人，我也是中国人！”她回答道，很坚定。“那以后学成后，是留在美国还是怎么样？”我拿出追问到底的功夫追问她。“我毕业后回中国，去给中国做贡献。因为我是中国人，我从中国来……”

2017年5月书于武汉

关于美国的一点随想

对于那些在美国生活的中国人，我们没有评价权。人各有志，每个人都有自己的选择。无论出于什么原因，有什么结果，那都是曾经的选择。如果你做的是无悔的选择，那么，归去并非“空空的行囊”——因为从你的字里行间，我已经读出了你“在美国的成长”。但是要记得，人要是输，总归是自己先输给了自己。暂时的失去不是输，真正的输是自己对自己丧失了所有进取的信心。

在奋斗的路上，也许你会退缩，你会保守，你会犹豫，你会拖延，更糟的情况是充满极端的怨恨。这样你会错过机会，会成为不理智的囚徒。所以当你不敢做某件事的时候就问问你自己：“我有什么可损失的?”很多情况下，你根本没什么可损失的，除了心跳开始加快，除了脸上开始发烧，除了你的自尊受到一点打击，并没有多大的损失。所以如果你真的想超过大多数人，只管往前冲就行了。

无论是什么样的生活状态，也得活得像个人样，做边缘人未必要摆出“边缘”的姿态来。我一直奇怪于为什么那么多的美国人“自我感觉良好”？后来我才明白，美国从基础教育开始，就要人学会“活得像个人样”。你可以自私，但不能侵犯别人的利益；你可以自负，但请尊重别人的权利；你可以骄傲，但要明白在你身边的每个人都有可能比你更有资本骄傲。这种“信心”教育，当然也有很多负面效应，但是有一点是毋庸置疑的，就是尊重：尊重自己，也尊重别人。大家都知道，要赢得对方的尊重，首先需要你充分地了解对方，同时自身有一定的素质。无论你英文如何，请记得交流之前先给对方一个微笑。

了解美国的一些文化，才能更好更自如地生活，减少不必要的一些误会与麻烦。举个最简单的例子，美国人对烟味非常敏感，很多中国人来到美国，喜欢三三两两成群结队地在商场或者餐厅门口

吸烟。在加州，这至少是违反了两条法律：第一是在商场或者餐厅门外的十英尺之内吸烟是违法的，因为烟味会飘进室内或是使经过的人受到影响；第二是成群结队地吸烟的同时，会阻挡人行道，这个也可能会吃到罚单。你想想，就算你没吃到罚单，经过的人会怎么打量你们呢？当然如果想在美国长期生活，最基本的语言还是要掌握。由于中国人本身语言的问题，这真的是个大麻烦。如果你与他人发生争执，如果警察或者法官连你说什么都不明白，又或者是你贫乏的英语造成了对方的误会，你想想，他们又怎么会倾向于你呢？

美国的情况和中国有很大的区别。美国每一个州的情况都不一样，这些不一样包括法律、交通规则、福利待遇等。比如，在纽约遇到红灯时不可右转，但是加州可以；纽约的公园内可以吸烟，但是加州不可以。不过在美国驾车是一种享受，辽阔的土地，文明的行车风格，高质量的道路，让人真的感觉驾车是一种享受。还有很多类似的小事情都得注意。我的建议是你准备去这个州的时候最好是先了解了解当地的法律。比如佛罗里达州，这个州有一条法律，那就是可以携带枪支出门，同时，如果在街上某人对你挥舞着拳头对你构成了威胁，你可以拔抢自卫甚至击毙他。再加上在佛罗里达州很容易取得枪支的许可证，这样就变得不是很好玩了。佛罗里达州 2005 年通过了这项法律，据统计到 2012 年，在这个法律框架之内的案件有 140 余起，死掉了 65 个人。换句话说，你在佛州的街头或者酒吧最好是不要跟人发生争执甚至动手，那样的话很可能对方可以合法地拔枪出来一枪打倒你，事后不会被拘捕。了解了这条法律之后也就知道该如何处事了。所以，美国每一个州都不太一样。当你去了一个州，你就认为你了解了全美国，这真的是错误的。

当然美国也有很多好的体制，比如美国对待孩子的照顾真的是无微不至，你可以在美国看到流浪汉、酗酒者、乞讨者，但是你绝对看不到一个流浪儿童。甚至是当政府觉得你无法照顾好自己的孩子时，会将你的孩子没收，交给政府机构代管，你也可能会有牢狱之灾。实话实说，在美国，因病致贫甚至破产，也时有发生。但是，无论如何，无论有钱没钱，有保险没保险，穷人依旧享有看急诊的医疗权利，这个是毋庸置疑的，我至今没有听说过急诊病人因没钱而被医院扫地出门的先例。另外美国的教育分公立和私立。公立的从幼儿园到大学前，基本免费或者费用很少。低收入家庭的孩子，可以申请到学校的免费早餐及午餐。

论坛上也经常看到，有不少人在美国过得并不如意。这跟每个人的身份、每个人的位置和每个人的心态都有很大的关系。学生、投资移民、持工作签证的人，有不同的身份，处于不同的限制中，所以享受的福利待遇也是有所不同的。美国的住房也受一些因素影响，如美国的房价与人口分布相关。一般而言，东西两岸主要是纽约及周边的城市，还有加州的贵一点，中间地区便宜。另外，美国几乎人人有车，所以每个人的生活范围扩大了很多，买房时的选择余地也很大。二线城市人口少，根本看不到像中国那样熙熙攘攘的人群。晚上睡觉，外面路上一点响声都没有，自然也没有什么丰富的夜生活。事实上，住在这些二线城市的美国人也是挺无聊的，所以年轻人还是会往纽约、洛杉矶等大城市跑。

除了吃喝玩乐，美国人过圣诞节也别有一番意义。现在圣诞节在中国已经变成了一个大受年轻人欢迎的洋节，商家也顺势推出各种名目繁多的圣诞节促销活动，圣诞节俨然成了聚会、玩乐和购物的好日子。实际上在西方，圣诞节不仅有源远流长的历史、深厚的宗教和文化背景，同时也是一个人们表达对他人、对社区关爱的节日。美国人在过圣诞节时不仅在家人和亲朋好友之间互赠礼物，他们更借助这个机会向在一年里为自己服务的人表达谢意。在节日到来之前，美国人会为各种慈善机构捐赠大量的食物，那么这些铺天盖地的食物需要分类、包装、整理、运输，最后才能送到有需要的人们的手里。所以这时候的慈善机构都需要大量的临时帮手。有很多美国人带着孩子去做好事，利用这个机会教育孩子"施比受更可贵"。华丽的圣诞树，白胡子的圣诞老人，还有昂贵的圣诞大餐，这些或时尚或物质的元素并不能代表圣诞节的真正含义，那些深植于民间的爱心传统才真正体现了圣诞节的内在含义。

不同国家的文化差异还是很大的，在去这个国家生活之前，了解这些文化习俗都是非常有必要的，我只是通过所见所闻表达一种看法和观点，通过美国华人生活的一些写照，对生活有更真切和深刻的理解。所有人的努力都是为了更好地活着，然而无论在哪里，生存都不是轻而易举的事情。要始终记得没有努力就没有更好的人生。人生无论处于什么阶段，都是和你曾经的积累所匹配的，欣然接受并努力向前，才会在一路上收获不一样的风景。

后　记

写下这些文字、小故事，得缘于“在路上”户外活动。驴友们用笔记录、分享很多人生哲理情感，自己也是有感而发。故事来源于生活，生活中也产生故事。每人有每人的“活法”，经历、痛苦、悲伤、喜悦，看似不同，其实是相似的。“幸福是相似的，不幸各有各的不幸”，回忆痛苦、不幸，我们才能更加珍惜现在得之不易的幸福，特别是我及我的家人。三年往返美国途中，了解、解读华裔朋友，写下这些，其中滋味谁能解。

1. 在美那些事
2. 简单就好
3. 故乡万里梦依稀
4. 虎妈——章洁
5. 边缘人
6. 铿锵玫瑰
7. 美国男人
8. 婚姻是一场戏
9. 晚秋
10. 赌城——风花雪月
11. 佛罗里达的阳光
12. 偷渡客

13. 我从中国来

14. 关于美国的一点随想

本来计划还要写《我的发小》《曼恰是哈顿的女人》，由于种种原因未能如愿，其中有很多内容关乎人的教养、性格、品性、内涵。我想说的是，其中有很多人成为我的朋友，也有些人没有和我来往，包括有些人讲了故事而我没有写出的。因为两个不同国家、不同时代的人肯定会有冲突，这很正常。但还是要感谢那些曾经有“缘”的朋友，毕竟，我们曾经相“识”过，也希望你们在人生道路上一路平安！

我们是“人”，是一个真实的“人”，也得让别人觉得你是“人”，不是什么高级动物，能够让人读到你的故事，引起共鸣。当然，作者水平高低是另外一个问题。我写的只是故事，而不是文学。以前书名定为《绿卡梦》，有朋友说，好像有人写过，现在定为《我从中国来……》。写这些故事也花费了我大量时间、金钱。金钱是你得请别人，别人也很忙。还有就是让别人相信你，让别人信赖你，故事也得一点点讲。

时间是把杀猪刀，你必须思考故事的代表性，想要讲什么，告诉别人什么。也希望能给很多想去美国旅游的、移民美国的朋友带来一点思考、参考，应该有一点点价值。仁者见仁，智者见智，因为这是一批去读书而留在美国、懂英文的华人所讲述、经历的故事。

完稿、封笔、准备发行！希望大家喜欢！谢谢！

四得

（“四得”是我的网名，寓意为“吃得、喝得、玩得、干得”，“干”是“干活”的“干”）

2017 年 5 月 1 日书于武汉